신카이 마코토 감독 작품

스즈메의 문단속

미 술 화 집

모든 시간이 녹아 있는 하늘. 현세와는 다른 저세상의 세계.
《스즈메의 문단속》을 상징하는 듯한 미술 컷에서 이 작품의 여행은 막을 연다.

어린 시절의 스즈메가 길을 잃고 헤맨 초원.
"스즈메는 허리 높이 정도의 풀을 헤치고 걸어갑니다.
원경도 근경도 아닌 미묘한 거리감을 지닌 풀을 묘사하느라 고생했습니다." (탄지)

목차

여기서 다루는 미술 배경은 스즈메가 돌아다니는 일본의 경치와 쓸쓸함조차 매력적인 폐허, 문 너머의 환상적인 세계를 선명하게 그려내고 있습니다.
책 후반부에는 미술 자료와 고문서의 설정을 다루고 또 신카이 마코토 감독과 탄지 타쿠미 미술감독, 미술 스태프들의 인터뷰를 통해 다양한 제작 공정도 다룹니다.

"제가 이번 작품에서 처음으로 미술 작업에 들어간 컷입니다. 신카이 감독님에게 들은 식생과 풍토, 탄지 미술감독님이 그린 설정
과 러프 등을 참고로 화면을 만들어 낸 것이라 제게는 뜻깊은 컷입니다. 당시는 아직 미술 보드 등 참고할 색이 없어서(자유도가
높아서) 화면을 구성하는 게 무척 즐거웠던 기억이 있습니다." (와타나베)

규슈의 마을

이야기의 여주인공 스즈메가 사는 미야자키현의 항구 마을. 완만한 산이 작은 만을 둘러싸고 있고 언덕길이 구불구불 바다로 이어져 있다. 초가을의 한없이 높은 하늘과 부드러운 햇살. 산의 녹음도 부드러워 평화로운 시간이 흐르는 일상의 풍경이 펼쳐진다. 등교 중인 스즈메는 불가사의한 분위기를 풍기는 청년과 지나친다. 스즈메에게 말을 건 청년은 폐허에 있는 '문'을 찾고 있다고 한다. 스즈메는 그 청년이 너무 마음에 걸려 오래된 온천 마을의 폐허로 달려갔다. 이것이 스즈메가 하게 될 여행의 시작이었다.

스즈메가 사는 마을 풍경. 바다와 산으로 둘러싸여 자연과 인공물이 조화를 이룬 땅이다. "스즈메가 사는 마을의 이미지를 관객들의 인상에 심는 컷이라 업에 많은 시간을 쏟았습니다. 본편에서는 스즈메가 자전거를 타고 내려오는 언덕길 그림이 겹쳐 나와 마을 전경은 보이지 않지만, 숨겨진 부분까지 정성껏 그렸습니다. 미술 설정에는 있지만, 현실에는 존재하지 않는 장소라 정보를 얻기가 대단히 어려웠던 컷이었는데 잘 완성되었다고 생각합니다." (와타나베,

산을 깎아 만든 경사지 여기저기에 주택이 늘어서 있다. 스즈메는 이 언덕길을 자전거를 타고 통학한다.

학교 근처 철길. "제가 처음 그린 컷입니다. 아직 다른 컷의 배경이 완성되지 않은 단계여서
아침 빛의 색 배합이나 자연물의 생략 정도 등 정말 많이 고민하고 그린 기억이 있습니다." (코바야시)

선로 쪽에서 철길과 건너편 산을 바라본 컷.
"꽤 초기 단계에서 그린 컷이라 자연물을 그리느라 고생했습니다.
특히 산이 어려워 탄지 미술감독님이 수정해 주셨습니다." (히구치)

스즈메가 다니는 학교. 바다가 가까워 창문을 통해 괭이갈매기가 날아다니는 모습을 볼 수도 있다.

[왼쪽 위] "스즈메가 다니는 학교 체육관입니다. 창으로 들어오는 빛과 마룻바닥의 반사광 등 빛의 인상이 매우 아름다운 컷입니다." (토모자와)

[오른쪽 위] 《언어의 정원》에서 학교 옥상을 담당했던 분에게 부탁했던 컷입니다. 학교 주변은 설정이 자세히 결정되어 있지 않아서 민가 등 다양한 요소를 생각하며 그렸습니다." (토모자와)

[왼쪽 아래] "외주에 맡긴 컷입니다. 미술 보드도 있어서 원화 정리가 쉬웠고 분위기도 잡기 편했습니다." (토모자와)

오른쪽 아래와 왼쪽 아래는 본편에서는 책상 셀이 삽입되므로 실제 미술 배경에는 책상 그림자가 덧그려져 있다.

"스즈메가 다니는 고등학교 교무실 컷입니다. 소품의 양이 정말 많아서
자료를 참고하며 즐겁게 작업했습니다." (왕)

"복도 바닥은 리놀륨 소재를 표현했습니다. 과거 작품에서 여러 번 그린 모티프라 담당하게 되어 기뻤습니다.
공립 고등학교에 있을 법한 포스터를 생각하는 게 힘들었지만 즐거웠던 컷이기도 합니다." (무로오카)

학교 창문 너머에 펼쳐진 마을.
"이 시기는 아직 원경의 참고가 될 만한 컷이 없어서 《너의 이름은》의
이토모리 마을을 참고로 그렸습니다. 힘들게 그렸던 기억이 있습니다." (히구치)

마을의 원경. 항구 마을답게 배가 오가고 있다. 삼림도 많은 풍요로운 자연이 인상적.

향수를 불러일으키는 한가로운 분위기의 마을.
"평온한 시골 마을에 사는 사람들의 생활이 잘 드러나도록 논밭과 민가, 비닐하우스 등을 덧그렸습니다.
바로 앞의 산이 얼마나 (미미즈의 흔들림에) 상하로 움직일지, 작업할 때는 몰라서
산의 깊이감도 다 묘사했습니다." (토모자와)

항구 마을의 일각.
"신카이 감독님이 제안해 간판에 이세새우 등을 넣었습니다." (후지이)

스즈메가 뛰어 내려가는 언덕길.
"지진 직후이니까 집의 담 같은 게 조금씩 무너져 있었으면 좋겠다는 지시가 있었습니다.
해가 저물기 시작한 방과 후 시간대의 분위기를 부각하려고 원화에는 없었던 나무 그림자를 화면 오른쪽에 넣었습니다." (와타나베)

"집들이 쭉 늘어선 안쪽에 바다가 보이는 언덕 마을. 스즈메의 마을을 단적으로 표현하는 컷이라고 생각합니다. 특히 아름답게 보이도록
빛을 대담하게 넣었고 바다 색깔과 하늘의 푸름을 어떻게 도드라지게 할지 생각하며 그렸습니다." (탄지)

미미즈에 의해 일어난 지진 피해를 당한 마을. 지붕의 기와가 흘러내리고 전봇대는 기울어져 있다.

"미술 전체 미팅 때 감독님이 '라스트 오더(LO)보다 더 무너진 인상을 억제했으면 좋겠다'라는
지시가 있어서 너무 무너져 내린 것 같지 않게 하려고 의식하며 작업했습니다." (토모자와)

스즈메의 집
"아마도 이 작품에서 제 첫 번째 컷에 해당하는 그림일 겁니다. 미술 설정부터 담당했어요. 그래서 과거 작품을 참고해 탐구하며 그렸습니다. 아침 분위기, 언덕이 있는 거리, 지역 특성이 드러나는 식물 등 특징적인 요소가 많았죠. 그중에 스즈메의 집은 어떻게 보일까, 정말 많이 고민하며 그려나갔습니다." (무로오카)

[왼쪽 위] "무로오카 선배가 정원 자료를 정리해 주셔서 그걸 참고했습니다. 화려하면서도 깔끔하게 손질된 이미지입니다." (이자와)

[오른쪽 위] "30초 가까이 나오는 컷이라 정성껏 그렸습니다. 창밖의 꽃은 용담입니다." (이자와)

[왼쪽 아래] "창 안의 실내는 설정이 자세하지 않아서 탄지 미술감독님이 대충 러프를 그려서 주셨어요. 또 스즈메의 집은 언덕길에 있어서 미술 설정 분위기에 맞춰 담당자에게 안쪽 언덕길을 그려 달라고 했습니다." (토모자와)

[오른쪽 아래] "스즈메의 집은 주위 집과 분위기가 다른데 너무 예뻐서 정말 마음에 들었습니다." (와타나베)

"스즈메의 집은 가늘고 길어요. 그 좁은 느낌을 화면에 잘 살리면 좋겠다고 생각하며 그렸습니다." (탄지)

걸린 사진들에서 이모 타마키의 스즈메에 대한 애정이 느껴진다.
"아침의 화사한 분위기를 내야 했고 또 화면에 여러 초에 걸친 긴 컷이라 정성껏 그리려고 노력했습니다." (오바라)

스즈메의 방. 스즈메는 다친 소타를 치료하려고 자기 방으로 데려온다.
그 나이 소녀에 어울리는 소품이 방을 채우고 있는데 미미즈의 지진으로 그것들이 흩어지고 만다.

[왼쪽 위] "지진으로 물건이 흩어진 정도를 놓고 그림으로서의 완성도와 논리성 사이에서 무척 고민했습니다." (이자와)

[오른쪽 위] "스즈메가 방에 돌아올 때까지 소타가 다 치울 수 있을 정도'라는 지시가 있었습니다. 그래서 램프 같은 건 바닥에 그냥 놓아두기로 했습니다." (이자와)

[왼쪽 아래] "스즈메의 방은 그녀의 성격이 어떤지 탄지 미술감독님과 상의하며 진행했어요. 그 결과 물건에 그리 신경 쓰지 않는 분위기로 정리했죠." (이자와)

[오른쪽 아래] "이사와 씨의 컷에 맞춰 외주 담당자가 작업해 준 컷입니다. 3컷 겸용인데 조금 시간이 흘렀다는 설정이라 빛이 들어오는 방식에 위화감이 없도록 조정했습니다. 또 창밖으로 보이는 하늘은 각 컷에 맞춰 구름을 3가지 패턴으로 준비했습니다." (이자와) 행거는 나중에 셀을 겹치는 거라 여기서는 그리지 않았다.

현지에 있는 어업협동조합(어협)의 외관과 항구 모습. 타마키와 그녀의 동료 미노루 등이 근무하고 있다.

이쪽은 밤의 어협.
"탄지 미술감독님이 그린 러프 설정은 있었지만, 자세한 디테일이 정해지지 않았습니다.
그래서 현지에서 찍어 온 여러 사진을 참고로 지형 등을 생각하며 그렸습니다." (코바야시)

"실은 《너의 이름은》과 《날씨의 아이》에도 등장하는 게 그려져 있어요. 알아차린 분도 있을까요? (웃음)" (타키노)

[위] "잡다하고 바쁜 일상 업무를 표현해 봤습니다. 그곳에 앉아 있는 사람의 성격이 드러나도록 깨끗하게 정돈된 사람도 있고 어지럽혀진 사람도 있습니다." (타키노)

[왼쪽 아래] "다른 컷에 등장하는 뒷면 지도인데 일단 큰 지도를 평면으로 그리고 변형해 사용했습니다. 기호나 문자도 하나하나 덧그렸습니다." (타키노)

[오른쪽 아래] 타마키의 책상. "서류와 파일을 정신없이 쌓아놓아 제시간에 퇴근할 수 없는 바쁜 업무와 비애를 표현했습니다." (타키노)

기억에서 사라진 리조트

폐쇄된 지 오래되어 전체적으로 폐허가 된 온천 마을. 건물은 여기저기 상처가 나고 지붕 기와에 잡초가 생기고 자판기도 녹슨 채 서 있다. 깨진 채 여기저기 굴러다니는 제등의 붉은 색이 오히려 서글픔을 부각한다. 그런 폐허의 중심에 남은 골격뿐인 돔. 문은 그 중심에 조용히 서 있고 거울처럼 맑은 수면이 신비한 분위기를 자아낸다. 스즈메가 문을 열자, 그 안에는 초원과 별이 가득한 밤하늘이 펼쳐졌다. 이때 스즈메는 아직 그곳이 '저세상'이라 불리는 곳임을 알지 못했다. 그리고 스즈메가 주워 올린 작은 석상은 갑자기 생명을 품은 생물이 되어 도망쳤다.

관광 안내 간판. 주위에는 인적도 없이 수풀만 무성하다.
"주변의 황폐한 분위기와는 대조적으로 발랄한 디자인의 안내판이 되도록 의식했습니다." (이자와)

"이번 작품에서 제가 제일 처음 그린 컷입니다. 전체적으로 자연물과 나무 사이로 비치는 햇빛 등 좋아하는 모티프가 많았는데 특히 이끼를 마음껏 그릴 수 있어서 즐거웠습니다." (토모자와)

스즈메가 폐허가 된 온천 마을로 갈 때 지나는 산길
"참고할 만한 구도의 사진이 없었고 앞쪽에 크게 배치되는 자연물을 그리는 데 익숙하지 않아 고생한 컷입니다.
마지막에 토모자와 씨와 탄지 미술감독님이 상당히 손을 봐주셨습니다." (코바야시)

"녹슨 금속류와 이끼, 풀로 덮인 인공물이라는 폐허만의 요소를 많이 그릴 수 있었습니다.
녹과 흙으로 더러워진 붉은색은 그려 넣으면 바로 분위기가 확 바뀌기 때문에, 너무 넣지 않도록
조심하며 '분위기'를 표현하는 데 주력했습니다." (무로오카)

"폐허가 된 온천 마을의 돔 전경이 처음으로 보이는 컷입니다. 돔의 골격과 명암, 무너진 지붕의 기와를 그리는 게 즐거웠습니다.
탄지 미술감독님이 화면 앞쪽의 풀이나 안쪽 온천 마을의 폐허 부분을 꽤 많이 덧그려 주셨습니다." (무로오카)

가옥의 손상 정도와 프로판가스의 녹을 통해 폐허가 되고 얼마나 시간이 흘렀는지를 가늠할 수 있다.
"예전에는 북적였던 온천 마을을 의식하며 그렸습니다. 똑같은 건물이 늘어서지 않도록 조심했고요." (히로사와)

[왼쪽 위] "유황이 쌓인 흔적을 어떻게 표현할지, 신카이 감독과 두세 번 상의하며 정했습니다." (탄지)

[오른쪽 위] "시간이 멈춘 듯하면서도 확실히 시간이 흘렀다는 이미지로 그렸습니다." (타키노)

[왼쪽 아래] "제가 소품을 그릴 때는 무엇보다 먼저 '감독님이 웃음을 터뜨리게 만들어야지!'라고 생각합니다.
이 컷에서는 장난감 자판기가 바로 그런 의도로 그린 겁니다. 감독님과 같은 세대 것으로(웃음)." (타키노)

[오른쪽 아래] "강변에 있는 조금 특이한 건물로 구조 설명에 고생했던 컷입니다." (히로사와)

"원화 단계에서 상세하게 그려진 컷입니다. 가공의 장소와 건물은 아이디어를 내는 데 고생했는데 여러 사람의 손을 거쳐 세부까지 보강되어 밀도 있는 그림이 된 예입니다." (히로사와)

폐허 호텔의 입구.
"이번 작품에서 제 첫 번째 미술입니다. 방향성을 잡아야 해서
여러 차례 상의하며 진행했습니다." (히로사와)

"폐허 속의 버려진 물건을 그리는 어려움은 단순히 흩어져 있기 때문이 아니라 원래는
어떤 물건이었는지를 생각하는 상상력이 필요함을 깨달았습니다." (히로사와)

이번 작품을 상징하는 문 장면.
"최초로 그려진 컷이라 상당히 고민하며 그린 기억이 있습니다. 폐허 호텔의 돔 중앙에 덜렁 하얀 문이 있는 그림으로,
깔끔하면서도 불가사의한 분위기를 내야 한다고 생각하며 그렸습니다." (쿠와바라)

한적하면서도 아름답고 비애가 느껴지는 돔 폐허. 물웅덩이 중앙에 있는 문이 괴이한 존재감을 드러내고 있다.

문과 하늘이 그대로 비칠 정도로 조용한 수면을 거느린 광장. 여기서 스즈메와 소타가 운명적으로 만나게 된다.

사다리와 파이프를 타고 올라가는 덩굴이 버려진 슬픔을 도드라지게 한다.

"미미즈가 문을 통해 분출해 상공으로 올라가는 컷입니다. 미미즈에 초점이 모이도록
아예 앞쪽의 철골은 보이지 않도록 했습니다. 상공의 구름을 상당히 과장해
광각 렌즈로 본 것처럼 그렸습니다." (탄지)

미미즈의 등장으로 정숙했던 분위기에서 순식간에 무시무시한 색으로 물드는 폐허.

이들 컷은 애니메이션에서는 수면이 펼쳐져 있는데 물은 셀로 그려져서 미술에는 없다.

실외기는 완전히 부서졌고 녹이 슨 배관과 썩은 벽면에는 이끼가 껴 있다.

시코쿠로

'뒷문'을 통해 미미즈가 나타나고 지진
이라는 재해를 일으킨다. 그것을 막기
위해 뒷문을 닫는 게 바로 '토지시'이
고, 스즈메가 만난 청년 소타의 일인데
갑자기 나타난 의문의 고양이에 의해
소타는 스즈메가 어릴 때 썼던 의자로
바뀌어 버린다. 스즈메는 소타와 함께
고양이를 쫓아 페리에 올라탄다. 점차
해가 져 노을로 물드는 바다. 페리에서
하룻밤을 보낸 두 사람은 에히메현에
도착한다. 그 사이 고양이는 다이진이
라 불리며 SNS의 스타가 되어 있다. 두
사람은 올라온 사진을 단서로 다이진
을 추격한다. 그곳에서 만난 사람이 스
즈메와 동갑 여고생 치카였다. 치카의
집은 민박을 운영하고 있다.

스즈메가 에히메로 향하는 페리에 타기 위해 찾은 항구.
"항구의 스케일을 표현하려고 꽤 고전했습니다. 부감 컷이 상당히 어려웠죠.
길의 폭이나 건물, 전봇대의 크기 등을 수없이 조정했습니다." (왕)

페리의 이름은 '밀감 시코쿠'. 그 이름에 맞춘 오렌지색 도장이 특징적이다.

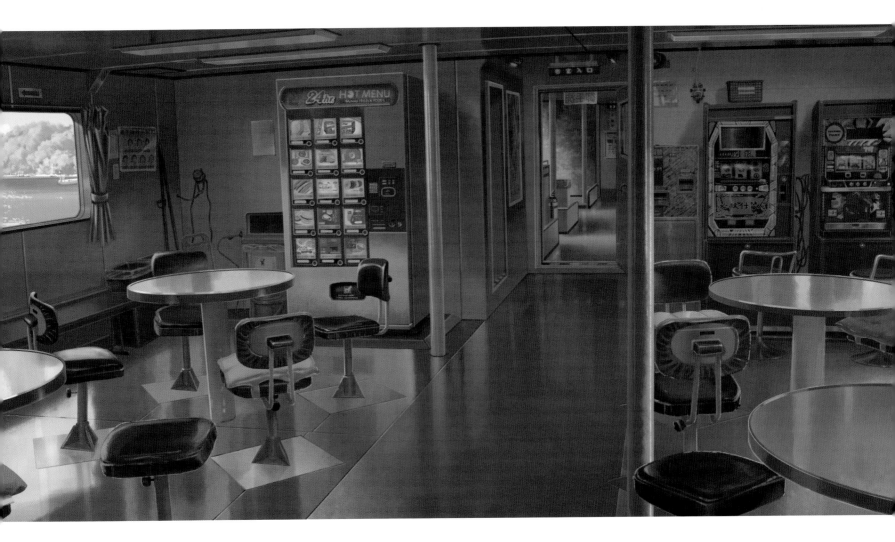

"이런 그림은 빛을 어떻게 표현할지가 상당히 어려운데 이번에는 반사를 넣어 표현해 봤습니다." (탄지)

[왼쪽 위] "페리의 창밖으로 보이는 풍경에 항구 마을의 분위기를 느낄 수 있도록 했습니다." (후지이) [오른쪽 위] "로케이션 탐방에서 똑같은 구도로 사진을 찍어 온 컷입니다. 실은 태양 빛이 제대로 들어오도록 화면 위의 구조물을 아예 빼고 그리도록 했습니다. 인상적인 하늘은 탄지 미술감독님이 맡아 덧그렸습니다." (토모자와) [왼쪽 아래] "이 컷은 사진을 바탕으로 했습니다. 하지만 사진 같은 분위기를 줄이려고 오히려 반사 등 붓 터치를 많이 넣어 그림처럼 보이도록 노력했습니다." (탄지) [오른쪽 아래] "페리 안을 그린 컷으로, 셀을 끼워 넣어야 해서 BOOK을 잘게 쪼개 그렸습니다. 조용한 밤의 분위기를 내려고 차가운 색에 가까운 하이라이트를 넣었습니다." (토모자와)

"전체적인 색감과 하늘 등은 탄지 미술감독님이 상당히 손을 봐주셨습니다.
페리와 바로 앞의 소형 선박은 처음에는 3D로 작업할 예정이었는데 3D 리터치 BG 쪽으로 정리되었습니다." (후지이)

"에히메의 아침 항구 모습입니다. 상쾌한 햇살과 공기의 느낌을 중요시한 컷입니다." (왕)

"화면 중앙에 페리 승강장, 화면 바로 앞에는 굴밭이 있고 안쪽에는 해안선을 따라 건물이 있습니다.
페리 승강장이 눈에 띄도록 하기 위해서는 그림자 처리가 중요했는데 좀처럼 균형이 잡히질 않아 애를 먹었던 컷입니다." (왕)

"콘티에서 구도가 결정되어 있어서 로케이션 탐방 때 참고 사진 등을 찍기 쉬웠던 컷입니다.
시코쿠는 귤밭이 인상적인데 해안선을 따라서도 귤밭이 많아 로케이션 탐방 때 무척 놀랐던 기억이 있습니다." (토모자와)

"에히메 역의 구내입니다. 제가 에히메 출신이라 특히 애착을 지니고 그렸습니다.
포스터의 조그만 글자를 그리는 게 너무 단조로워 오히려 힘들었습니다." (히구치)

"여기보다 조금 앞선 컷에서 와타나베 씨가 같은 장소를 먼저 그리셔서 고민 없이 그렸습니다." (히구치)

"이전 신카이 감독 작품에도 이런 장면이 단골로 나오죠.
이러한 한 점 투시 구도의 그림은 카메라의 안쪽 깊이감이 핵심이라고 생각합니다." (탄지)

앉으면 편안할 것 같은 좌석과 차창 밖의 느긋한 풍경 등 지역 노선만의 평화로운 분위기를 느낄 수 있다.

안쪽에 보이는 성을 배경으로 스즈메를 태운 차량이 강에 걸린 다리를 건넌다.

다이진의 뒤를 쫓아 스즈메 일행이 내린 역. 바로 앞에 피어 있는 게 피안화다.

화면 가득 밭이 있고 안쪽에는 철탑이 눈길을 끄는 산지가 보인다.

시간이 흐르면서 푸른 하늘에서 저녁노을로 바뀌는 컷.
"구름이 어떻게 움직이는지 떠올리는 게 힘들어 그리면서도 고민했습니다.
촬영팀이 구름을 움직여 줬는데 완성된 영상을 보고 그 기술력에 감동했습니다." (히구치)

저수지를 따라 난 길을 걷는 스즈메와 소타. 둘은 이곳에서 치카와 만난다.
"시골 산길의 분위기를 내려고 가드레일에 녹슨 흔적을 만들고
하수구나 길 틈에 잡초를 무성하게 그리는 게 힘들었습니다." (쿠와바라)

"도로 가장 앞쪽 단들은 밭이었다가 콘크리트 길이었다가 자연물과 인공물이 뒤섞이도록 탄지 미술감독님과
상의하며 그렸습니다. 잡초에 조금씩 다른 색을 넣는 게 즐거웠습니다." (쿠와바라)

치카의 부모님이 운영하는 민박 「아마베」.
"아마베의 외관은 밤의 인상(오른쪽 페이지)에서 그리 벗어나지 않도록 그렸습니다. 또 화면 안쪽의 마을은
산속에 있으나 너무 산간 마을 같지도, 그렇다고 평지 마을 같지도 않도록 여러 참고 자료를 조사하며 그린 컷입니다.
특히 화면 가장 안쪽의 산은 그리기가 힘들었습니다." (토모자와)

"LO 때 미키 요코 조감독님이 화분에 심어진 수종을 상당히 정해 놓으셔서 그 이미지에 맞춰 배치했습니다.
구조물과 자연물을 같이 그릴 수 있는 컷을 좋아해서 그리면서 아주 즐거웠습니다." (토모자와)

스즈메가 묵은 객실.
"스즈메와 치카가 즐겁게 대화하는 장면이라 민박의 분위기는 남기면서 최대한 밝은 공간으로 만들고 싶다고 생각하며 그렸습니다.
색감과 자연광이 들어오는 형태 등이 좀처럼 잡히지 않아 탄지 감독님이 수정해 주셨습니다." (네기시)

[왼쪽 위] "일본의 민박 분위기가 나오게 미술 설정 시점에서 객실에 놓은 소품들을 면밀하게 생각했습니다." (탄지)
[오른쪽 위] "목욕탕 그림은 그림이 딱딱한 인상이 들지 않도록 얼마나 부드럽게 할 수 있을지를 시행 착오하며 작업한 기억이 있습니다." (탄지)
[왼쪽 아래] "밤의 식당입니다. 너무 밝지도 너무 어둡지도 않으면서 차분한 분위기를 의식하며 그렸습니다." (왕)
[오른쪽 아래] "어둡고 작아서 잘 알아보지 못할 수도 있으나 하얀 고양이 굿즈를 모아 놓았습니다." (타키노)

"치카의 가족이 처음으로 등장하는 장면입니다. 부엌의 미술 설정에서는 소품 배치와 디자인을
즐기면서 그린 기억이 있습니다." (왕)

"아침 식사 장면입니다. 여러 초에 걸쳐 나오는 컷이라 왼쪽과 안쪽 선반에 배치한 물건이나 장난감을 최대한 정성껏 그렸습니다." (왕)

기억에서 사라진 학교

토사 붕괴로 사는 사람이 사라진 마을. 전면 통행금지 간판을 넘어 들어가면 많은 주택이 토사에 묻혀 쓰러져 썩어가고 있다. 저녁 어둠이 차츰차츰 다가오는 가운데 스즈메와 소타는 '뒷문'이 된 학교 현관문으로 향한다. 어두워진 에히메의 산들 위에 나선을 그리며 붉게 뻗어나가는 미미즈. 뒷문을 닫으려는 소타에 가세하는 스즈메. 그때 스즈메의 귀에는 학교에 다니던 학생들의 목소리가 들려온다. 페허가 된 학교 건물에 이전 모습이 겹친다. 스즈메가 간신히 뒷문을 닫자, 미미즈가 산산이 흩어져 사라진다.

"토사 붕괴가 있은 후, 최소한의 도로만 정리한 상태, 라는 이미지로 그렸습니다.
재해가 발생한 뒤 시간이 꽤 지났지만, 전반적으로 습한 진흙 분위기가 나도록 했습니다." (무로오카)

"일련의 장면을 보면 해가 떨어지기 직전이라 전동 바이크의 전조등이 주요 조명……입니다. 그래서 화면의 명암 밸런스가
상당히 어려웠습니다. 최종적으로 탄지 미술감독님 쪽에서 어떻게 보여줄지 조정해 주셨습니다." (무로오카)

"무너진 토사 속에 자연의 나무와 목재로서의 나무, 인공물인 바구니까지 저마다 다른 색을 포함하고 있습니다.
흘러가는 배경이라도 사람이 있었던 모습을 조금이라도 느낄 수 있길 바라며 그렸습니다." (무로오카)

전봇대는 기울어지고 도로는 갈라졌으며 가드레일은 일그러져 있다. 많은 학생이 지나갔을 과거의 모습은 이미 없다.

"부감으로 언덕길, 학교 뒤의 산, 토사에 파묻힌 집, 나아가 미미즈의 영향을 표현한 반사 등 고민할 요소가 많아
중간중간 여러 번 탄지 미술감독님에게 점검받으며 진행한 컷입니다." (히로사와)

[왼쪽 위] "이들 그림은 하늘 밝기를 탐구하면서 작업했습니다. 앞 컷의 수정을 확인하고 색감을 바꾸는 식으로 여러 번 작업했습니다." (히로사와)

[오른쪽 위] "폐교된 중학교에서 미미즈가 솟아 나오는 과정을 그린 컷 중 하나입니다. 미미즈의 붉은색과 매직아워에 해당하는 하늘의 푸른색을 대비시켜 그렸습니다. 원래 있던 색의 폭을 붉은색과 푸른색의 두 대비로 단순화해 진행해 그림을 만들었습니다." (탄지)

[오른쪽 아래] "이것도 마찬가지로 붉은색과 푸른색의 대비로 그림을 만들었습니다. 그러면서도 수도꼭지는 폐허의 디테일을 추구해 '빼앗긴 하나의 풍경'이라는 의식을 지니고 그렸습니다." (탄지)

"폐교된 중학교 장면은 진흙을 그리는 게 정말 힘들었습니다. 여기는 미미즈의 붉은색이 광원이 되므로
미미즈가 화면에 어떻게 들어오는지를 상정하며 그렸습니다." (탄지)

"폐교된 중학교의 외관이 크게 보이는 컷입니다. 이 컷은 미미즈의 붉은색과 다른 붉은색(붉은 조명)을 바탕으로 광원을 삼았습니다.
살짝 오렌지와 노란색으로 치우친 색을 구름 등에 넣었습니다." (탄지)

"미미즈가 비치지 않는다면 그저 아름다운 저녁노을 때죠." (타키노)

"외주 스태프가 작업한 컷입니다. 색감이 고민되어 중간에 탄지 미술감독님에게 데이터를 보여드려 이미지를 완성하고
그에 맞춰 그리게 했습니다. 아주 인상적인 깔끔한 저녁노을이라고 생각합니다." (토모자와)

"이것도 미미즈가 없었다면 평범한 저녁노을 풍경이죠. 거리와 섬에 사는 사람들의 조명 빛이 평소와 다름없이 빛나는 이미지로 그렸습니다." (타키노)

[완성 화면]

과거 이곳에 있던 학생들의 목소리에 귀를 기울이자, 스즈메에게 되살아나는 이전 학교 풍경.

"그림을 그릴 때 그곳에 흐를 소리를 상상하기도 합니다. 이 컷에서는 바람 소리나 매미 소리, 학교 벨 소리였죠." (타키노)

고베로

에히메에서 고베로 향하는 스즈메와 소타. 비가 내리기 시작해 함석지붕의 버스 정류장에서 비를 피하고 있는데 승용차 한 대가 멈춰 서더니 루미라는 여성이 두 사람을 태워 준다. 그녀는 혼자 키우는 쌍둥이를 데리고 고베까지 돌아가는 길이었다. 아카시 해협 대교를 건널 때는 비가 그쳐 해가 나오기 시작한다. 햇빛을 받아 반짝이는 비 갠 뒤의 거리. 스즈메는 루미의 스낵 겸 자택에서 머물며 영업하는 동안 아이들을 돌보게 된다. 힘이 넘치는 쌍둥이에게 정신없이 당하는 스즈메. 고베에 밤이 찾아오고 거리의 야경이 아름답게 빛날 무렵 스즈메는 다이진과 만난다.

느긋한 풍경. 스즈메는 히치하이크를 해서 고베로 향하려 한다.

"망원(望遠)의 느낌을 내는 데 고생한 컷입니다. 중간에 탄지 미술감독님에게 궤도 수정을 받으며 완성했습니다." (히구치)

"버스 정류장 이름 '이요쿄'는 제가 생각한 가공의 이름입니다. 버스 정류장의 안쪽 수풀이 어려워
꽤 오랜 시간이 든 기억이 있습니다." (히구치)

"명암 구성이 어려웠던 컷으로, 제가 그린 걸 탄지 미술감독님이 덧그렸습니다." (히구치)

"CG 팀이 준 아카시 해협 대교의 모델을 받아, 내 방식대로 BG용 레이아웃을 그린 컷입니다.
넓은 그림을 잘 그리지 못해 고심이 많았는데 결국은 깔끔한 그림이 완성되어 안심했습니다." (무로오카)

무대는 고베 시내로.
"코로나의 영향으로 로케이션 탐방을 갈 수 없어서 이 컷도 구글 맵을 보며 제작하느라 고생했습니다. 해가 지기
시작하는 거리의 분위기가 어려웠으나 건물을 잔뜩 그릴 수 있었던 게 제일 즐거웠습니다." (무로오카)

"한 역의 도로 부근에서 유원지 폐허가 보입니다. 밤이 아주 깊어지지 않아 사람도 차도 다니는 시간대라
아직 북적이는 느낌이 있는 반짝이는 분위기를 의식했습니다." (와타나베)

[왼쪽 위] "거리 풍경은 미미즈의 불길함을 돋보이게 하려고 조용한 분위기를 내려고 노력했습니다." (무로오카)

[오른쪽 위] "외주 스태프에 그리게 한 일련의 컷입니다. 로케이션 탐방으로 참고 자료를 잔뜩 모아서 디테일이 부족해도 설득력 있는 그림이 되었습니다. '이런 곳 있을 것 같아!'라는 느낌을 표현하고 싶었습니다." (토모자와)

[오른쪽 아래] "번화한 곳에서 한 걸음 나아가면 간신히 흘러나오는 창문 불빛 외에는 타인의 존재를 느낄 수 없어 불안이 커지는 풍경으로 했습니다." (타키노)

"테라스 바닥과 테이블에는 조명 등의 반사광을 강하게 넣어 조금 고급스러운 느낌을 냈습니다.
캄캄한 산속에서 이상하게 떠오른 유원지의 존재가 눈길을 끕니다." (와타나베)

"유원지 폐허 장면의 구름은 전체적으로 흩어져 있어 더 인상적인 형태로 했습니다. 그 부분도 주목해 주셨으면 좋겠습니다. 이 컷에서는 안쪽 야경에 무척 고생한 기억이 있는데 완성품을 보고 그 수고가 보상받은 느낌이었습니다. 마음에 드는 컷 중 하나입니다." (와타나베)
관람차는 일부 CG로 제작되었다.

"이 일련의 장면에서는 구름의 형태와 색깔을 장소에 따라 바꿨습니다. 산 쪽 구름은 푸른 계통의 색으로,
거리 쪽 구름은 빌딩 등 거리 빛을 받아서 조금 붉은 기를 가미했습니다." (탄지)

[안성 회면]

"왕래가 끊긴 상점가의 적적함과 창문 안쪽에 있는 듯한 TV의 흐리고 푸른 불빛으로 심야라는 느낌을 표현했습니다.
간판에서 스태프의 이름을 볼 수 있답니다(웃음)." (타키노)

스낵 「하바」의 외관.
"상점가에 조명이 들어오기 직전의 이미지. 저녁 장보기도 끝나
사람들의 왕래가 끊긴 후입니다." (타키노)

"왼쪽 페이지 장면에서 2시간 뒤, 밤거리로 다시 나온 사람들로 북적입니다. 여기 가게 간판에는 미술 스태프의 이름을 빌렸죠(웃음)." (타키노)

루미의 아이들 방.
"스낵 2층이 등장하는 일련의 컷은 여러 미술 스태프가 소품 등을 일일이 그려 넣었습니다.
덕분에 아주 생활감이 가득한 그림이 되었습니다." (탄지)

"귀여운 아이템이 가득한 아이 방이라 즐겁게 그렸습니다." (왕)

스낵 내부.
"전체적인 그림 분위기는 일련의 장면과 같지만, 이 컷에서는 왠지 오른쪽 냉장고가 좋습니다.
냉장고가 추천 포인트입니다!" (탄지)

[위] "스낵 내부 장면으로, 가장 먼저 완성된 컷입니다. 이들도 붉은색과 푸른색이 대비되어 있습니다. 감독의 요청으로 붉은색에 가깝게 해 성인의 느낌을 내면서도 지나치게 붉은 느낌이 나지 않도록 대비되는 푸른색을 넣어 공간을 마무리했습니다." (탄지)

"문을 닫은 뒤의 한산한 분위기를 맛볼 수 있는 깊이감이 있는 컷이라고 생각합니다.
뒷마당에서 들어오는 따뜻한 빛과 가게 안의 차가운 색이 드러내는 차이가 아주 아름답습니다." (와타나베)

가게 안에 있는 L자형 소파에서 스즈메와 소타가 잠든다. 아침 햇살이 스테인드글라스를 통해 쏟아진다.

신고베역의 하차 구역. 루미의 배웅을 받으며 스즈메는 도쿄로 향한다.
"이 컷은 LO에 있던 건물이 개봉 당시에는 다 지어지지 않아서 빼고 그리는 등 조정했습니다.
그림의 마무리를 걱정한 탄지 미술감독님이 건물을 추가했습니다." (토모자와)

[왼쪽 위] "신고베역의 스즈메와 루미 씨의 중요한 장면입니다. 둘에게 시선이 향하도록 유리 쪽은 명암 대비를 높이지 않고 자연스럽게 비치도록 해야겠다고 생각하며 그렸습니다." (토모자와)

[오른쪽 위] "로케이션 탐방 사진은 있었으나 개찰구 안 등의 세부적인 부분은 몰라서 다른 각도의 사진을 찾아가며 그렸습니다." (히로사와)

[왼쪽 아래] "이번에는 사진을 그대로 원화로 만드는 일이 적어서 그림 콘티에 맞춘 원화가 많았던 것 같습니다. 미술로서는 사진을 그대로 그리는 게 편한데……." (히로사와)

[오른쪽 아래] "각 좌석 사이에 셀이 들어가서 BOOK 나누기와 시트 모양에 아주 고생했습니다." (와타나베)

기억에서 사라진 유원지

고베 산속에 있는 문 닫은 유원지. 그
곳의 관람차 곤돌라가 뒷문이 되었다.
소타는 다이진을 쫓고 뒷문을 닫는 역
할은 스즈메가 맡는다. 우연한 계기로
유원지의 전원이 들어와 내부가 형형
색색의 조명으로 드러난다. 관람차는
빨간색과 파란색으로 장식되며 회전
목마도 휘황찬란한 빛에 감싸인다. 그
것은 어둠 속에 잠들어 있었을 유원지
가 갑자기 눈을 뜬 듯 보인다. 스즈메
는 움직이기 시작한 관람차 곤돌라에
매달려 어떻게든 뒷문을 닫으려 한다.
그때 스즈메는 뒷문 너머의 초원에서
죽은 어머니로 보이는 사람 그림자를
보게 된다.

문 닫은 유원지에 남겨진 놀이기구. 예전의 북적거림은 이제 없다.

"폐쇄되고 상당히 시간이 흐른 시설의 분위기를 내려고 웃자란 잡초 등을 많이 그렸습니다. 바로 앞에 있는 바리케이드와 알림 간판이 더 분위기를 내도록 했습니다." (와타나베)

"시설의 전체적인 느낌이 그런대로 보이는 첫 번째 컷입니다. 풍화했으나 시설의 존재감만은
옅어지지 않도록 했습니다. 관람차에서는 미미즈가 크게 분출할 테니까 그것을 간섭하지 않도록
주위 놀이기구는 모두 BOOK으로 그렸습니다." (와타나베)

유원지 내부 모습. 창문이 깨진 곤돌라와 녹슨 놀이기구 등을 통해 오래 방치되었음을 느낄 수 있다.
[왼쪽 아래] "원래는 바로 앞에 티켓 매장이 있어야 했는데 소타의 액션이 잘 보이도록 의도적으로 지웠습니다." (와타나베)

역할을 끝낸 말들이 늘어선 회전목마.
"조명이 들어온 폐허 유원지를 오래 알고 지낸 이탈리아인 미술 스태프(레오)에게 그리게 했습니다. 안쪽에서부터 조명이 켜져서 그에 맞춰
총 5가지 패턴의 BG를 정성껏 완성했습니다. 풍화한 놀이기구를 비추는 조명이 너무나 아름답습니다." (와타나베)

"관람차 조명과 미미즈의 붉은빛이 상반되며 약간 불온한 분위기를 내려고 의식했습니다. 처음에는 더 반짝거리는 하이라이트를 넣었는데 탄지 미술감독님이 설득력 있는 미술로 수정해 주셨습니다." (와타나베)
이 관람차의 구조는 3D 배경에 미술을 붙여 넣는 '카메라 맵'이라는 기술이 사용되었다.

"1초 반이라는 짧은 컷이지만, 놀이기구와 야경 그림, 산과 하늘의 스케일 등이
아주 아름답게 완성되지 않았나 생각합니다." (와타나베)

밤하늘을 배경으로 천천히 회전하는 관람차 컷. 관람차가 도는 부분은 CG로 제작했다.
본편에서는 여기에, 미미즈가 파열한 후의 비가 쏟아진다.

회상 장면의 유원지.
"놀이기구는 미술로 그려서 상당히 시간이 걸렸습니다. 지면도 최대한 화사하고
다채로운 느낌을 만들려고 많은 색을 썼습니다." (왕)

"놀이기구의 구조를 여러모로 참고해 사소한 부분까지 재현했습니다.
회전목마가 특히 힘들었는데 목마를 정말 많이 그렸습니다." (왕)

도쿄로

고베에서 신칸센을 타고 도쿄로 향하는 스즈메와 소타. 도쿄역에 도착하자, 소타는 스즈메를 유도해 전차를 갈아타고 소타가 사는 아파트로 안내한다. 빼곡하게 책이 꽂힌 책장. 펼친 고문서. 소타는 과거로부터 대대로 이어져 온 토지시의 일을 스즈메에게 설명한다. 그리고 도쿄에도 요석이 있고 그곳에는 커다란 뒷문이 있다고 한다. 다이진은 그 뒷문을 열려는 게 아닐까. 뒷문이 있는 장소를 아는 사람은 입원 중인 소타의 할아버지뿐이라고 한다.

"이번 작품에서 처음 등장하는 도쿄 컷입니다. 처음으로 이 컷을 배당받았을 때 '드디어 나도 도시 전경 컷을 그리게 되었구나……'라고 생각했습니다(웃음). 정보량이 많아 어떻게 해야 할지 몰라 오로지 그리고 또 그렸습니다. 그런대로 형태로 담게 되어 다행이었습니다." (코바야시)

"작품 설정은 9월인데 역시 후지산에는 눈이 어울린다!, 로 이야기가 정리되어 이른 첫눈을 쓴 산을 덧그렸습니다." (타키노)

도쿄역과 주변 빌딩들. 대도시다운 활기가 감돌고 있다.

해가 떨어지기 시작한 도쿄역 주변 모습. 재래선 플랫폼에는 전차 문이 열리기를 기다리는 사람들의 모습이 보인다.

도쿄역의 주오선 플랫폼.
"지붕이 있는 플랫폼에 빛 처리를 어떻게 할지 논의했는데
이렇게 마무리했습니다." (후지이)

JR 오차노미즈역 플랫폼에서 본 광경.
"이걸 그리고 난 다음부터 역 플랫폼을 관찰하게 되었습니다. 오차노미즈역은 북적이는 느낌으로는 손에 꼽히는 역입니다." (히로사와)

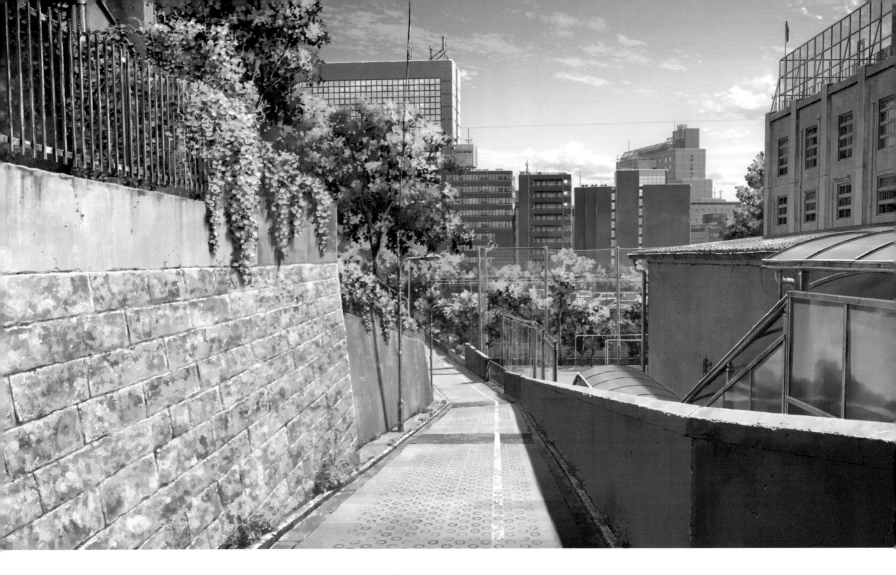

소타의 집으로 가는 장면에서 등장하는, 학교 옆의 급경사로. 학생들의 즐거운 목소리가 들릴 것만 같다.

"오차노미즈역 부근의 간다가와에서 올려다본 장소인데 이 위치와 각도의 자료 사진을 찍는 건 불가능해서 자료가 적어 정말 힘들었습니다.
그래도 외주 스태프가 깔끔하게 완성해 주어 큰 도움이 되었습니다." (와타나베)

[완성 화면]

붉은 노을빛으로 물드는 도쿄의 거리.
"거리를 따라 빌딩이 흩어져 있다는 점을 깨닫고 열심히 빌딩을 그려 넣었습니다.
하지만 본편에서는 미미즈에 가려 거의 보이지 않아요." (히로사와)

"JR 오차노미즈역의 새로운 건물은 이 컷을 작업할 당시에는 안쪽 건물 부분만 완성되어 있어서
완성 예정도를 참고로 그렸습니다. 완성 후에 똑같은 그림이 될지 기대됩니다. 노을과 창의 반사 표현,
어두운 분위기 등이 어려웠던 컷입니다." (무로오카)

[왼쪽 아래] "단순하면서도 아름답게 그림을 완성하고 싶어서 건물을 실루엣처럼 보이게 했습니다.
덧붙여 미미즈의 무시무시함을 붉은색으로 표현해 완성했습니다." (탄지)

"전체적으로는 매직아워입니다. 그래서 지상은 실루엣만 보이지만 빌딩 불빛은 있어야 해서 그림을 만드는 게 어려웠던 컷입니다.
그런 다양한 빛의 요소를 균형적으로 생각하며 그림을 조정했습니다." (탄지)

시부야의 역 앞.
"처음에는 아주 환하게 그렸는데 탄지 미술감독님이 을씨년스러운 분위기로 조정해 주셨습니다." (후지이)

도쿄 빌딩가의 야경. 도쿄의 빌딩과 스카이트리가 아름답게 빛난다.

황거와 주변 빌딩가. 대도시 속의 깊은 숲은 북적거림과는 인연이 없는 듯 정적에 휩싸여 있다.

"해가 떨어지고 본격적으로 밤이 시작되는 시간을 잡은 장면입니다.
《너의 이름은.》하면 '해질녘'이 끝나는 순간의 하늘이죠." (탄지)

소타의 할아버지 히츠지로가 입원한 병원 내부.
"그림으로 성립시키는 게 상당히 어려웠던 장면입니다. 에희메로 향하는 배 안과 마찬가지로
빛의 반사를 붓 터치로 표현해 만들었습니다." (탄지)

히츠지로의 병실. 침대 양쪽에 수많은 책이 쌓여 있다.

"본편에서는 여기서만 나온 귀중한 소타의 아파트 외관입니다. 이 컷만으로 끝난 게 조금 아쉽습니다.
오랜 세월과 생활감이 많이 느껴지는 분위기가 좋다고 해서서 조금 잡다한 느낌으로 진행했습니다." (와타나베)

편의점 내부.
"그림다운 명암 대비도 없이 단순해 오히려 어려웠던 컷입니다." (오바라)

소타의 방.
"신타이 감독님이 소타의 방은 좁고 잡다한 분위기였으면 한다고 지시하셨습니다. 제작 초기에는 아직 소타의 성격도 파악하지 못해서
잡다하다고는 해도 너무 너저분하지 않게 하려고 했습니다. 방의 구조와 대체로 이런 물건이 놓였으면 좋겠다는 지시는 있었는데 그
이외는 제 마음대로 해도 좋다고 하셔서 소품 디자인이나 색은 제 나름대로 제안했습니다." (와타나베)

"원화 단계부터 상당히 자세하고 정보량이 많았던 컷입니다. 오래 작업해 온 외주 스태프(치모토 씨)에게 부탁했는데 아주 치밀하게 완성해 주었습니다. 잡다한 느낌도 잘 표현되어 대단히 감동했습니다." (와타나베)

"소타가 지금까지 문을 닫았거나 조사한 지역을 기록한 보드인데 자료 내용과 디자인은
미키 요코 조감독님이 생각해 주셔서 이후 작업도 상당히 순조롭게 진행되었습니다.
포스트잇에 그린 날짜에 조금 주목하시길." (와타나베)

[오른쪽 위] "안에 보이는 창에서 들어오는 빛과 앞쪽 유리문에 비치는 빛의 반사가 어두운 실내를 더 강조하도록 최대한 신경 썼습니다. 부엌과 현관 주변은 조금 오래된 아파트를 떠올리게 할 수 있는 느낌을 의식했습니다." (와타나베)

도쿄의 뒷문

도쿄의 뒷문이 열려 거대한 미미즈가 상공으로 퍼진다. 소타는 재해를 막으려고 미미즈의 분류로 몸을 던지고 스즈메도 그를 따른다. 도쿄 상공에서 소타는 깨닫는다. 지금은 자신이 요석이라는 사실을. 그리고 자신을 미미즈에 꽂아 넣으라고 스즈메에게 명령한다. 고뇌 끝에 소타를 미미즈에 찔러 넣는 스즈메. 낙하하며 기절한 스즈메는 어머니가 의자를 만들어 준 날의 기억을 떠올렸다. 의식을 되찾은 스즈메는 지하에 있는 거대한 뒷문과 그 너머 저세상에 요석으로 자리 잡은 소타의 모습을 본다. 스즈메는 소타를 구하기로 결심하고 지상으로 돌아온다.

"도쿄의 뒷문에서 지상으로 돌아오는 도중에 있는 계단인데 과거에 사용했던 방공호를 떠올리며 작업했습니다. 지하 공간보다 인공적인 물건을 곳곳에 배해 그 차이를 내라는 지시를 받았습니다." (와타나베)

석양에 물든 강변. [완성 화면]의 상공에 꿈틀대는 미미즈는 그 수면에도 비친다.

[완성 화면]

"원경의 도쿄 그림은 다른 회사에 부탁했고 미미즈 부분은 제가 담당했습니다. 미미즈의 깨끗하면서도 불안정한
표피 표현에 고민했는데 움직이는 그림을 봤을 때는 감동했습니다." (무로오카)

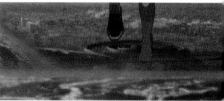

[완성 화면]

[완성 화면]

미미즈 위에서 본 하늘 풍경. 구름과의 거리가 가까워 미미즈가 아주 높은 상공까지 올라왔음을 알 수 있다.

"미미즈의 혈관(미술 스태프 사이에서 이렇게 불렀습니다)을 처음에는 너무 많이 그려서,
줄이고 좁히며…… 조정했습니다." (무로오카)

[완성 화면]

상공에서 도쿄를 잡은 부감도. [완성 화면] 은 서서히 커지는 원반 모양의 미미즈.

[완성 화면]

스즈메가 눈을 뜬 도쿄의 지하 광장.

"오래전에 사용된 거대한 채석장 같은 이미지를 원한다는 신카이 감독님의 이야기가 있어서 지상의 시끌벅적함과는 다른 정적을 의식하며 작업했습니다." (와타나베)

지하 공간에는 곳곳에 금이 가 있어 역사를 느끼게 한다.
"어두컴컴한 장소이지만 어렴풋하게나마 수면이 빛을 냅니다. 그래서 맑은 물 같은 인상이었으면 좋겠다고 생각했습니다.
신비한 인상을 받으면서도 너무 판타지 느낌이 강하게 나오지 않도록 주의했습니다." (와타나베)

지하 깊은 곳에 자리 잡은 도쿄의 뒷문. 낡은 성문으로 보인다.
"떨어진 암석과 썩은 문 안에는 저세상이 보입니다. 그러므로 현실이라고 생각할 수 없는 이질감을 내도록 노력했습니다.
아름답지만 어딘가 불온한 느낌이 개인적으로는 마음에 듭니다." (와타나베)

"뒷문이 있는 공간 밑은 물이 차 있고 문과 벽에는 미미즈가 나왔던 흔적이 있습니다." (와타나베)

지하 공간에서 계단을 다 올라오면 나오는 수도 고속도로의 터널.

터널 출구. 아침 햇살이 들어온다. 스즈메는 소타를 구할 단서를 찾으려 히츠지로에게 간다.

도호쿠로

갑자기 집을 나간 스즈메를 쫓아 이모 타마키가 도쿄로 왔다. 생각지도 못한 일들이 벌어진 결과, 스즈메와 타마키는 소타의 친구 세리자와가 운전하는 차를 타고 도호쿠로 향한다. 기타간토를 빠져나와 도호쿠로 들어가자, 차는 녹음과 정적에 휩싸인 거리를 지나게 된다. 무성하게 자란 다양한 식물. 아름다운 곳이라고 중얼거리는 세리자와에게 스즈메는 "여기가…… 아름다워?"라고 짧게 되묻는다. 그리고 스즈메는 예전에 살던 생가터에 도착한다. 집의 토대만 남은 곳에 풀들이 흔들리고 있다. 방파제 너머에 노을이 조용히 내려앉는다. 스즈메가 자신이 어렸을 때 열어버린 '뒷문'을 찾는다.

아라카와에 걸린 수도 고속도로. 안쪽에도 다리와 선로가 보인다.

"스즈메에게는 복잡하고, 세리자와에게는 아름답고 맑은 곳이었는데 그 후 바로 비가 내린다…… 그릴 때는 아직 앞뒤 장면을 보지 못했기 때문에 망설이면서 검은 화물 가방 등도 풍경에 녹아들도록 전체적으로 조금 담담하게, 왠지 현실감이 없는 느낌을 상상하며 그렸는데 이 최종판을 봤을 때는 의외로 단단한 느낌으로 수정된 것 같습니다(웃음)" (마지마)

"사람들이 떠난 마을인데 원경에서 쓸쓸한 분위기를 내는 게 어려웠습니다. 가공의 장소에서 풀만 마음대로 자라난 듯 보여,
경작을 포기한 땅 등을 참고로 했습니다. 세리자와의 '아름다운 곳'이라는 대사를 통해 제가 그렸을 때는 좀 더 밝은색 이미지
였는데 수정할 때 색 대비가 강조되어 더 다이내믹해졌습니다." (마지마)

"곧 비가 올 듯 보이는 구름이 어떤 식으로 보일지 생각하며 그렸습니다. 이다음 시퀀스에서 비가 내리므로 비가 오기 직전의 분위기를 전하려고 하며 그렸습니다." (탄지)

비를 피하려고 스즈메 일행이 들른 고속도로 휴게소.
"거의 같은 구도의 로케이션 탐방 사진이 있어서 오랜만에 쉽게 그린 기억이 있습니다." (코바야시)

고속도로 휴게소 내부. 도호쿠와 관련된 포스터와 전단이 벽에 붙어 있다.

타마키가 스즈메를 뒤에 태우고 자전거로 달리는 완만한 경사의 도로.
"이 컷은 스즈메의 생가터 미술과 느슨하게 이어지는 장소입니다. 그런 황폐한 분위기를 약간 느끼면서도
내용 면으로는 두 사람의 거리가 가까워지는 컷이라 아름답게 그리고 싶었습니다." (탄지)

스즈메의 생가 부지 부근.
"사람이 출입하지 않아 풀이 마음대로 자라 울창한 분위기를 내는 데 주력했습니다.
철골이 그대로 드러난 돌기둥의 존재가 비장합니다." (와타나베)

스즈메가 이머니 츠바메와 함께 살던 시절의 생가.
"재해 후(166페이지)와 상황이 얼마나 달라졌는지를 생각하며 그렸습니다. 재해 전에는 없었던 안쪽에 보이는
방파제의 존재감이 뭐라 표현하기 힘든 감정을 안게 하는 컷입니다." (와타나베)

"어린 스즈메와 어머니의 회상 장면입니다. 《언어의 정원》의 타카오가 어머니에게
구두를 선물하는 회상 장면을 참고하며 미술 보드를 그렸습니다." (토모자와)

예전에 스즈메의 집이 있던 장소. 토대만 남아 있을 뿐 건물과 놀이기구 등 모든 게 사라지고 없다.

[왼쪽 위] "현재(재해 후) 스즈메의 생가 문 앞입니다. 문과 벽은 흠집투성이고 모든 도로와 정원은 손질이 되지 않았습니다. 인간의 손이 닿지 않았음을 의식했습니다." (와타나베)

[오른쪽 위] "스즈메의 고향은 탄지 미술감독님과 의논하며 그렸습니다. 로케이션 탐방 사진과 다양한 자료를 보며 그리는 가운데 말로는 표현할 수 없는 어떤 감정이 수없이 떠올랐는데 그 생각을 그림에 담으려고 노력하며 그렸습니다." (쿠와바라)

[오른쪽 아래] 《스즈메의 문단속》에서는 정말 많은 하늘 그림을 그렸는데 또 다른 표정의 하늘이었으면 했습니다. 해가 지는 표현은 종종 있는데 그 가운데 어떻게 설득력을 얻을지, 또 이 장면에 어울리는 하늘이 될지를 모색했습니다." (탄지)

"넓은 초원에 덜렁 세워진 상징적인 전파탑은 아주 세부적인 부분까지 매달려 작업했습니다. 해가 진 뒤의 시간대인데
너무 어둡지 않도록 자연물과 고목 위에 하늘의 반사광을 넣었습니다." (쿠와바라)

찾아낸 문 너머에 펼쳐진 저세상의 별이 가득한 하늘. 스즈메는 '좋아하는 사람'에게 가려고 발을 내민다.

저세상의 초원

저세상이란 모든 시간이 동시에 존재하는 장소, 라고 소타는 말했다. 하늘은 저녁때인 듯도 하고 푸른 하늘인 듯도 하고, 별이 가득 뜬 하늘인 듯도 하다. 무너진 집들이 풀에 둘러싸여 있다. 그리고 그곳은 지금, 미미즈가 요동치는 불길의 대지였다. 시야를 가득 메우는 시뻘건 불길. 그 너머에 보이는 언덕 꼭대기에 소타가 있다. 스즈메는 소타를 구하기 위해 달려간다. 모든 게 끝났을 때 저세상은 평온한 초원으로 모습을 바꾼다. 그 순간 스즈메는 떠올린다. 그날, 어머니를 찾던 자신이, 잃어버렸던 의자를 자신에게 준 여자와 만난 순간이었음을. 그것은 이 저세상 초원에서 일어났던 일이었다.

녹음 속에 폐허가 늘어선 저세상 초원.
"초원 앞뒤 거리감이 어려웠습니다." (오바라)

"보는 사람에 따라 공포이기도 하고 불안이기도 하고 때로는 아름답기도 하고…….
다양한 감정이 뒤섞인 풍경을 잘라냈습니다." (타키노)

불길에 휩싸이기 전후의 폐허.
[왼쪽 위] "이 부분은 저세상 장면의 밝기와 보는 방식의 기준이 되는 컷이라, 정해졌을 때 안도한 기억이 있습니다." (오바라)
[오른쪽 위] "울타리와 자전거, 실외기 등 평소 집 안에 없는 물건을 배치함으로써 재해의 무시무시함을 표현했습니다." (타키노)

다양한 색이 뒤섞인, 환상적인 하늘.

초원에서 올려다본 저세상의 하늘. 푸른 하늘과 은하수가 중첩되어 다채롭고 아름답다.

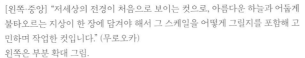

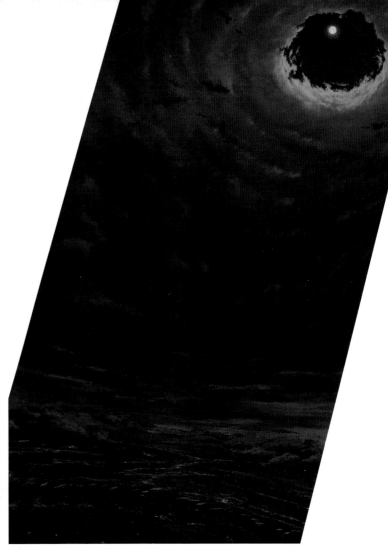

[왼쪽·중앙] "저세상의 전경이 처음으로 보이는 컷으로, 아름다운 하늘과 어둡게 불타오르는 지상이 한 장에 담겨야 해서 그 스케일을 어떻게 그릴지를 포함해 고민하며 작업한 컷입니다." (무로오카)
왼쪽은 부분 확대 그림.

[오른쪽] "구름의 두께와 달빛의 밝기도 고민했는데 사다이진의 변신에 맞춰 어둡기를 어떻게 표현할지 상당히 신경 썼습니다. 조금 낮은 구름을 탄지 미술감독님이 넣어주셔서 사다이진을 포함한 공간 표현이 더 깊어진 컷입니다." (무로오카)
이 미술은 일부 3DPAN으로 제작되었다.

"땅속에 묻혀 있는 미미즈의 몸과 불타오르는 거리의 표현 등 어려운 부분이 많아,
탄지 미술감독님과 상의하며 진행했습니다." (무로오카)

불타오르는 잔해의 마을.
[위] "《스즈메의 문단속》의 미술 배경에서는 붉은색과 푸른색의 대비를 자주 사용했습니다. 이 장면은 불꽃의 붉은색과 그림자의 푸른색을 대비해 작화했습니다. 불길은 촬영 처리인데 미술 작업 때는 그림을 만든 다음 그 위에 불길을 놓고 그렸습니다." (탄지)

마을이 온통 타고 건물이 쓰러지고 있다. 스즈메는 언덕 위에 빛나는 요석, 소타를 향해 달린다.

검게 얼어붙은 미미즈의 몸. 스즈메는 그 언덕 꼭대기를 향해 필사적으로 달려간다.
"신카이 감독과 이미지 보드로 협의하며 이 장소는 짙은 검은색의 언덕에서 꼭대기만 파랗게 빛나는 설정으로 했습니다.
파랗게 빛나는 혈맥은 절망 속의 작은 희망을 표현합니다." (탄지)

불타오르는 마을 모습. 스즈메는 고향에 울려 퍼진 오래전 토지의 소리를 듣는다.

"미미즈가 흙으로 변한 다음 녹음이 우거진다는 아주 추상적인 장면이라 처음부터 헤매는 바람에
탄지 미술감독님의 도움을 받으며 그렸습니다." (오바라)

신비하고 아름다운 하늘이 펼쳐진 세계로 변화하는 저세상. 저세상의 설정에는 시간이 걸려 스태프도 고생했다고 한다.
"저세상이 어떤 분위기인지, 더듬더듬 찾아가며 그린 기억이 있습니다." (오바라)

"실은 저세상 안에 아침, 낮, 밤의 시간이 있어서 그 시간대를 나눠 그리는 게 어려웠습니다. 이 컷은 바로 앞의 초원 표현이
단조로워질 것 같아 다양한 식생과 언덕 기복을 표현하려고 시행착오를 겪었습니다." (탄지)

능선에 떠오른, 한낮의 보름달.

주위가 점차 붉게 물든다.

여러 겹으로 겹친 하늘의 그라데이션이 인상적. 초목 하나하나 정성껏 그렸다.
"아름다운 장면이 되도록 의식하며 그렸습니다." (오바라)

어린 스즈메가 넘어간 뒷문. 그녀는 '내일의 나'의 말을 듣고 자신의 세계로 돌아온다.

칠이 벗겨져 너덜너덜한 뒷문. [완성 화면]의 손잡이 위에 빛의 열쇠 구멍이 드러나 있다.
"맑은 공기의 화창한 날을 표현하고 싶어서 하늘에 옅은 자주색과 녹색을 넣어 봤습니다." (탄지)

[완성화면]

스즈메에 의해 닫힌 뒷문. 빛나는 열쇠 구멍에 열쇠를 꽂고 스즈메와 소타는 원래 세상으로 돌아온다.
"이 컷은 로케이션 탐방의 선물이었습니다. 취재한 실제 도호쿠 식생을 그대로 그림에 넣었습니다." (탄지)

《스즈메의 문단속》 미술 자료

미술 설정은 연출의 요청에 따라 무대가 되는 공간을 선화로 그리는 것이다. 이를 바탕으로 레이아웃 등이 그려진다. 미술 보드는 그 장면의 가이드가 되는 배경. 미술 보드에서 그려진 빛의 톤, 질감 등을 참고로 영화 본편의 배경이 그려진다. 여기서는 탄지 미술감독이 이번 작품의 미술 자료를 해설해 준다.

취재·글. 후지츠 료타

미술 설정

미야자키에 있는 스즈메의 집은 특징이 있는 집이었으면 해서, 뾰족한 지붕을 인상적인 형태로 만들었습니다. 집 크기를 아담하게 한 것은 아무래도 타마키가 중고로 산 집일 테고, 둘이 사는 집이라 크기 면에서 맞을 것 같았습니다. 스즈메의 방은 신카이 감독과의 회의에서 '공허감'이라는 키워드가 나왔는데 조정이 어려웠습니다. 포스터 같은 건 없애는 대신 여학생의 방처럼 느껴졌으면 해서 소품을 연구하는 방향으로 갔습니다. 스즈메의 방 소품은 이사와 마오 씨가 고안했고 배경 작업도 이사와 씨를 중심으로 담당했습니다. 발코니는 그냥 그려 봤는데 신카이 감독이 의자의 낙하 장면에 잘 활용했더군요.

뒷문이 있는 호텔 폐허의 돔은 각본에는 등장하지 않습니다. 처음에는 호텔 뒤에 있는 평범한 공터에 문이 있다는 이미지였습니다. 그런데 신카이 감독이 그림 콘티를 그리는 단계에서 좀 더 상징적인 장소로 했으면 좋겠다고 해서 지금 형태가 되었습니다. 돔 시설을 설정할 때 두 종류를 생각했습니다. 하나는 주위에 빌라가 펼쳐져 있고 그 가운데 중정이 돔이 되는 형태. 다른 하나는 유리로 된 온실 식물원. 결국은 두 구상을 합친 이미지가 되었습니다. 스낵 하바는 로케이션 탐방에서 4면의 한 귀퉁이를 잘라 문으로 사용하는 건물을 발견했는데 그게 재미있어 채용했습니다. 어머니의 화장품도 아이들 방에 놓아 보고, 업무용 부엌에 통용구가 있어서 그곳으로 아이들이 학교에 가는 상상 등 온갖 생각을 할 수 있어 즐거웠습니다.

탄지 타쿠미 (丹治匠)

TANJI TAKUMI

1974년생. 후쿠시마현 출신. 도쿄예술대학 미술학부 회화과 졸업. 〈바람의 검심〉(2012, 2014), 〈신 고질라〉(2016) 등 다수의 영화 작품에 참가. 신카이 감독 작품 초기부터 감독 작품의 대명사인 섬세한 미술을 담당해 〈구름의 저편, 약속의 장소〉(2004)를 비롯해 〈초속 5센티미터〉(2007)에서 미술을 〈별을 쫓는 아이〉(2011), 〈너의 이름은.〉(2016)에서는 미술감독을 담당.

스즈메의 집 구조안 2020. 10. 7 개정

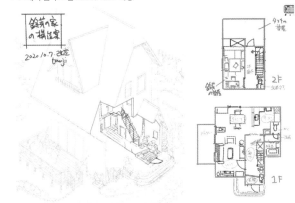

館等とたまきの家 リビング (全体)
스즈메와 타마키의 집 거실(전체)

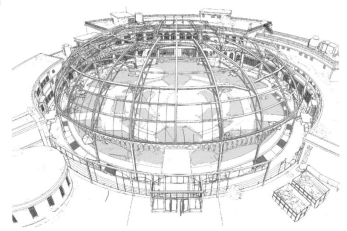

미미즈 설정

미미즈는 완전히 3DCG로 제작된 것, 미술에서 그린 것, 미술이 그리고 3DCG로 매핑한 것까지 3종류로 나눠 사용했습니다. 상단 오른쪽은 도쿄 상공에 퍼지는 미미즈가 보이는 방식을 정리한 것. 상단 왼쪽은 저세상으로 떨어 질 때의 이미지. 하단은 그림 콘티에 그려진 스즈메의 행동을 바탕으로 저세상이 이런 지형이고 이런 식으로 미미즈가 있다고 상정하면 정합성이 맞을지를 공유하려고 그린 설정입니다.

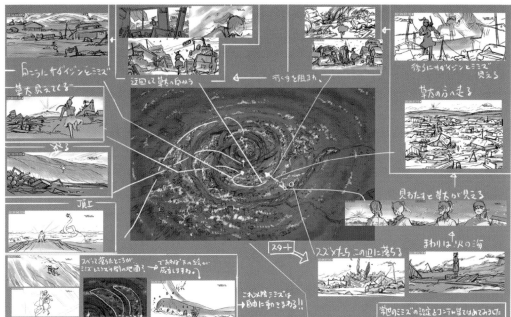

미술 보드

제가 최종적으로 조정했지만, 이번 작품의 미술 보드는 회사 스태프 모두에게 그리게 했습니다. 설정이 많아 제가 바빴던 이유도 있으나 모두의 작업 폭을 넓힐 기회라고 생각해서. 여기에 실린 미술 보드를 보면, 스즈메의 집 거실은 토모자와 유호 씨가, 현관은 쿠와바라 코토미 씨가, 민박 아마베의 객실은 왕보기 씨가, 스낵 하바의 실내는 타키노 카오루 씨, 아이들 방은 토모자와 씨가 담당했습니다.

아이들 방에 어떤 게 있을지는 설정 단계에서부터 생각했는데 최종적으로 미술 작업을 하며 더한 것도 있습니다. 예를 들어 아이들 방이라면 '아이우에오'나 'ABC'가 그려진 포스터 같은 게 있겠죠. 누가 이런 것들은 제안하면 '아! 맞다. 있다, 있어!'라고 생각하지만, 쉽게 떠오르진 않습니다. 참고로 스태프 가운데 타키노 씨가 이런 데 강해서 많은 아이디어를 냈습니다. 그런 아이디어를 집어넣으면 그림도 풍부하고 재미있어집니다.

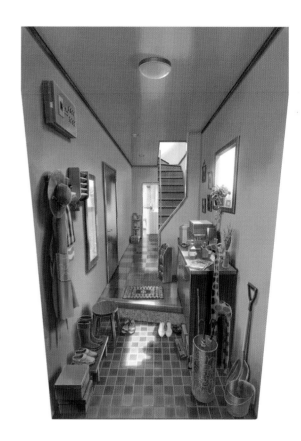

밤 장면

오른쪽 그림 4점은 3DCG 모델에 제가 라이팅 안으로 색을 넣고 이를 바탕으로 본편도 작업했습니다. 아래 2점은 폐원한 유원지의 놀이기구 미술 보드로, 타키노 씨가 그렸습니다. 이것도 조명이 있고 없고의 2가지 패턴을 그렸습니다. 유원지 장면은 조명을 받을 때마다 빛의 상태가 바뀌므로 1컷에 배경 1장으로는 대응할 수 없습니다. 이번 작품에는 저속도 촬영 컷 같은 장면이 많이 사용되어 많은 시간이 필요했는데 스태프들이 최선을 다해 주었습니다.

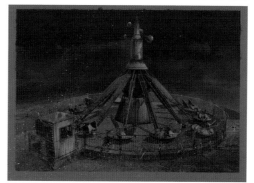

무로오카 유나

미술 배경·토지시 봉인의 서

고문서는 전문 화가들이 그린 게 아니라 토지시들이 기록으로 전승해 온 것

—무로오카 씨는 이번 작품에서 어떤 작업을 담당했나요?

문서의 러프 제작부터 실제로 그리기까지 전체적인 작업을 담당했습니다. 이번 작품의 고문서는 간토대지진 부감도회(오른쪽 페이지 오른쪽 위)와 일부 채색을 빼고 아날로그로 제작했습니다. 예를 들면 지도와 용 그림 등은 묵을 사용해 그렸습니다. 힘들기는 했지만, 묵의 묘사는 디지털로 자연스럽게 보이지 않는 것 같아 이번에는 아날로그를 고집했죠.

—묵을 사용해 그림을 그린 경험이 있었나요?

학생 때 일본화 전공이어서 묵 같은 그림 재료에는 친숙합니다. 다만 글자는 배운 적은 있으나 전문적이진 않았어요. 그래서 도호 실사 영화 등에서 글씨 쓰는 일을 전문적으로 하시는 오야마 유키 씨에게 스튜디오를 통해 의뢰했습니다.

—고문서에는 어떤 내용이 적혀 있나요?

과거에 요석이 있었던 장소와 미미즈의 존재, 큰 지진에 관한 이야기가 적혀 있습니다. 제가 러프를 그리기 전 단계

에 미키 요코 조감독님이 자료를 모아 주셨어요. 과거 지진이 났을 때의 기록과 당시 지도, 전기(傳記), 인쇄판 등의 자료를 참고로 미키 조감독님과 상의하며 각 고문서를 형태로 만들어 냈습니다.

—제작하며 의식한 점이 있다면 알려 주세요.

특히 고문서가 만들어진 시대 배경을 의식했습니다. 예를 들어 요석의 장소를 기록한 지도. 측량 기술이 발달하기 전 시대와 현대는 정확성에서 반드시 차이가 날 겁니다. 본편에서는 3가지 연대의 지도가 나왔는데 각 시대 배경에 맞춰 지도의 묘사 방식도 바꿨습니다. 또 이 문서는 전문 화가가 그린 게 아니라 토지시들이 기록으로 전승한 것이므로 '그림을 본업으로 하지 않는 사람이 그린 것'임을 의식했습니다.

—작업하며 특히 어려웠던 점은?

요석이 박힌 용 그림입니다. 미미즈를 그려야 하는 그림인데 지진이나 날씨 같은 천재지변의 요소는 용과 관련된 게 많고, 그림 콘티에서도 용 같은 모습이어서 처음에는 '더 용'이라는 러프를 그렸는데 "용이 아니라 미미즈이니까 이렇게까지 용처럼 보일 필요는 없다"라는 지적을 받고 눈과 비늘 표현 등을 조정했습니다.

—마지막으로 담당한 고문서 장면을 본편에서 봤을 때의 감상을 알려 주세요.

제가 작업한 단계에서는 움직임은 없었어요. 그런데 완성한 영상에서 고문서 페이지를 넘기는 장면을 봤을 때는

정말 순수하게 '굉장해!'라고 생각했습니다. 애니메이션의 미술은 배경을 가리킬 때가 많은데 실사 영화에서는 소품 제작도 미술이라고 하잖아요. 이번에는 그런 의미의 미술 작업을 해서 재밌었습니다. 드문 경우겠지만 기회가 있다면 또 하고 싶습니다.

취재·글. M.TOKU

무로오카 유나(室岡侑奈)

MUROOKA YUUNA

1994년생, 가나가와현 가와사키시 출신. 타마미술대학 조형표현학부 조형학과에서 일본화 전공. 졸업 후 코믹스웨이브필름에 미술 스태프로 입사. 주요 참가 작품으로 〈너의 이름은.〉〈우리의 계절은〉(둘 다 미술 배경), 〈날씨의 아이〉(미술감독 보좌) 등이 있다.

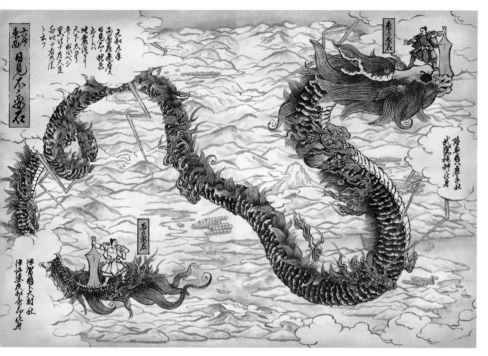

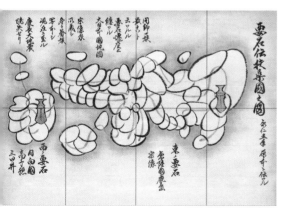

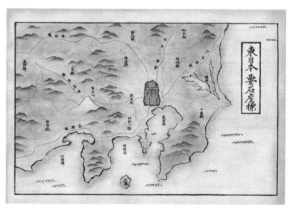

탄지 타쿠미

미술감독

공간이 납득되는 미술을

—신카이 감독 말로는 탄지 씨와 사전에 미술 콘셉트에 관해 자세히 이야기를 나누지 않았다고 하던데요.

탄지≫ 맞습니다. "이런 식으로 하자"라는 말은 없었습니다. 〈너의 이름은.〉까지 그려 온 미술 자체가 신카이 감독과의 대화를 통해 완성한 것이라 그런 의미에서는 그림을 그리는 사람으로 신뢰해 준 것 같습니다.

—탄지 씨는 〈구름의 저편, 약속의 장소〉부터 쭉 신카이 감독 작품에 참여했는데 신카이 작품의 미술은 어떻게 변천되었다고 생각하나요?

탄지≫ 많은데, 점점 신카이 감독이 직접 손을 대는 부분이 적어진 인상은 있습니다. 신카이 감독은 〈별의 목소리〉까지는 다 혼자 만들어서 스스로 미술을 완성하겠다는 비전을 지닌 사람입니다. 그래서 〈구름의 저편, 약속의 장소〉에서는 그런 뜻을 충분히 이해한 후 서로 대화하며 시작했습니다. 신카이 감독이 하고 싶은 것 외에 저는 영화니까 더 치밀한 부분이 있는 게 좋겠다, 〈별의 목소리〉와는 다른 느낌이 있기를 바랐습니다. 그런 부분을 서로 찾아가면서 최종적으로 완성형을 내놓았습니다. 이후로 〈별을 쫓는 아이〉까지는 여러모로 그리는 방식이 변했습니다.

—〈구름 저편〉 다음은 〈초속 5센티미터〉였습니다.

탄지≫ 〈초속〉 때는 〈구름 저편〉보다 단순하고 서정적으로 가자고 해서 밀도 있는 부분과 없는 부분의 완급을 분명하게 하자는 방침이 정해졌습니다. 〈별을 쫓는 아이〉에서 나온 제안은 더 손 그림 같은 배경이었으면 좋겠다는 거였

죠. 〈초속〉까지는 사진을 바탕으로 하거나 Photoshop에서 실루엣을 넣는 등 기술을 이용해 그렸는데 그런 리얼함에서 벗어나 손으로 그린 듯한 느낌을 내고 싶다고요. 이 시점에서 미술이 신카이 감독의 손에서 떠난 느낌이 듭니다. 〈너의 이름은.〉에서 미술감독을 맡았는데 저는 그때부터 〈별을 쫓는 아이〉까지 신카이 감독과 같이 작업한 경험을 유산 삼아 작업한 느낌입니다. 그런 의미에서 이번 작품도 그 연장선에 있습니다.

—각본을 본 첫인상은 어땠나요?

탄지≫ 로드무비라 미술 부분에서 각 토지를 제대로 잘 그려야겠다고 막연히 생각했습니다. 각 지역에서 사람과 만나고 헤어지는 과정을 소중하게 그리고 있으므로 각 장면에서 그런 느낌이 잘 연출될 수 있도록, 똑같은 배경이 아니라 다르게 해야 한다고 생각했죠. 다음은 물량이 엄청날 것 같다는 느낌이 각본으로부터 물씬 풍겼습니다.

—로케이션 탐방에도 참여하셨다고요.

탄지≫ 무대가 되는 장소는 가보지 않으면 모르는 게 많습니다. 예를 들면 식생 하나만 봐도, 미야자키에서는 야자나무의 일종(피닉스)이 자라고 있는데 시코쿠에서는 토란이 나와요. 그런 큰 차이부터 작은 차이까지 직접 가보지 않으면 알 수 없습니다. 도호쿠의 스즈메 생가터에 난 식물도 로케이션 탐방 때 가서 보고 그곳에 난 식물을 그렸습니다. 붉은토끼풀 등이 피어 있어서 정말 아름다운 풍경이었습니다. 그래서 더 잔혹하게 느껴지기도 했고요. "이

건 이대로 그리는 게 좋을 것 같아"라는 말을 신카이 감독과 했습니다.

—이번에 식물과 폐허가 계속 나오는데 그리면서 의식한 부분이 있나요?

탄지≫ 다른 스태프가 그린 식물을 조정할 때는 디테일을 줄여 정보량을 줄일 때가 많았습니다. 다들 훌륭했지만, 애니메이션은 사진처럼 자세하게 묘사하는 게 아니라 정보량을 줄여 단순하게 그리는 표현이라고 생각해서요. 특히 식물은 무엇을 버리고 무엇을 취할지의 취사선택이 힘든 소재라 조정을 잘못하면 위화감이 바로 드러나서 어려웠습니다. 폐허는 어두운 분위기로 폐허의 분위기를 내기보다 아름답게 그리려고 노력했습니다. 추억을 떠올리게 하는 생활의 흔적을 남겼지만, 그곳에 있는 물건은 어디까지나 물건으로 그저 있는 모습을 그리는 게 영화를 위한 일이라고 생각했죠. 더러움이나 녹은 그리다 보면 즐거워진답니다. 그래서 너무 더럽고 녹이 슬지 않게 그리려고 했습니다.

—저세상의 하늘은 어떤가요?

탄지≫ 저세상의 하늘을 그리는 방법은 계속 정해지지 않았습니다. 제작 후반에 가서야 정해졌죠. 처음 버려진 호텔 뒷문 너머로 보이는 장면도 그것만 계속 보류 상태였는데 예고 영상에 꼭 필요하다고 해서 그려 봤는데 "이거면 됐다"라고 해서(웃음). 그전에도 이미지 보드 등으로 시도해 보기는 했는데 그 단계에서는 스스로 결정을 내리지

못했고 신카이 감독도 확신이 없었죠. 신카이 감독이 그림 콘티를 다시 그리며 '모든 시간이 동시에 있는 장소'라는 대사를 삭제하기도 했습니다. 하지만 예고에는 그 대사를 그대로 살리고 있어서 예고용으로 그 요소를 담아 그렸는데 결과적으로 OK를 받았죠. 〈별을 쫓는 아이〉의 생사의 문 앞에 있는 하늘과 〈초속 5센티미터〉의 타카키의 꿈속에 펼쳐지는 하늘과는 다르게 그리고 싶었는데 아름답게 그리려고 하니 비슷한 느낌도 있더군요. 실제로는 조금씩 다른데 그것도 괜찮겠다 싶어서 최종적으로 그 방식으로 결정했습니다.

—이번에 고문서 그림도 몇몇 등장했는데요.

탄지≫ 고문서 그림은 미대에서 일본화를 전공한 무로오카 유나 씨가 미키 요코 조감독과 함께 생각하며 그렸는데 아주 잘 완성되어 놀랐습니다. 이런 그림은 어떤 재료로 무엇을 그려야 하는지 모르면 흉내만 낸다고 그릴 수 없고 또 직접 그릴지 인쇄로 할지 생각할 필요도 있습니다. 저도 실사 영화 작업 때 옛날 분위기로 그려 본 적 있는

데 무로오카 씨의 그림을 보고 정말 잘 그렸다고 생각했습니다.

—물량이 엄청날 거라고 예감했다고 하셨는데 역시 그 부분이 힘들었나요?

탄지≫ 지금은 거의 잊고 있었는데 정말 힘들었습니다. 물량이 많았을 뿐만 아니라 일정도 틀어져 "어? 이걸로 끝이라고?"라는 상황이 이어졌죠(웃음). 그 과정에서 미술감독 보좌를 맡은 와타나베 타스쿠 씨와 토모자와 유호 씨가 여러모로 도와줬습니다. 무로오카 씨도 와타나베 씨와 마찬가지로 꽤 많은 컷을 가져가 도쿄 상공의 미미즈와 저세상에서 부감으로 보이는 미미즈 등 힘든 부분을 해주었습니다. 식물에서는 마지마 아키코 씨가 너무나 멋진 자연물을 그려 주어 매력적이었습니다. 이런 스태프들 덕분에 정말 마지막까지 다 마칠 수 있었습니다.

—탄지 씨가 미술 작업을 하며 의식하는 부분이 있다면?

탄지≫ 애니메이션 미술은 어정쩡하게 끝날 때가 많은 것 같습니다. 예를 들면 한 장면의 시간대나 빛에 대해 어떤 설정도 없고 어떤 셀을 얹을지도 모르므로 일단 뉴트럴한 공간을 그려야 할 때도 있습니다. 하지만 그런 미술은 역시 엣지 없이 어정쩡해 아름답지 않습니다. 신카이 감독의 영화에서는 시간대와 빛의 보이는 방식이 설계되어 있고 무엇보다 그림 콘티를 보면 미술적으로 뭘 해야 할지 잘 알 수 있습니다. 그 목적을 이루기 위해, 빛을 아름답게 넣

어 시간대로 전하는, '이런 공간이 있구나'라고 납득할 수 있는 아름다운 미술을 늘 목표로 하고 있습니다.

취재·글. 후지츠 료타

와타나베 타스쿠

미술감독 보좌

그 지역에 어떤 식물이 자라는지를 생각하며 일해 달라고 했습니다.

—와타나베 씨는 이번 작품에서 주로 외주 쪽과 작업했다고 들었습니다. 외주에 일을 넘길 때 주의시켰던 점이 있다면 알려 주세요.

회사 밖에 있는 사람에게 일을 맡기므로 더 명확하고 알기 쉬우면서도 자세히 전하려 했습니다. 저는 의뢰할 때 종종 "1밀리미터라도 이해 안 되는 부분이 있으면 언제든지 물어봐 달라"라고 전합니다. 모르는 채 진행하면 그 틈이 결국은 미술감독에게 가게 됩니다. 보좌는 미술감독의 짐을 최대한 더는 일이라고 생각합니다.

—버려진 호텔과 유원지 등의 미술 배경도 와타나베 씨가 담당했다고 들었습니다.

폐허에는 어떤 식물이 자라는지, 예를 들면 규슈의 버려진 호텔에는 어떤 식물이 자라는지 생각하며 일해 달라고 했습니다. 또 감독님이 "사람이 있었던 흔적 같은 게 있었으면 좋겠다"라고 요청하셨어요. 그래서 파라솔이나 벤치 등을 놓아 사람이 있었던 기척 같은 게 느껴지는 컷이 될 수 있도록 의식했습니다.

—대사와 캐릭터 표정 외에도 아주 사소한 부분에서 전하고자 하는 게 있군요.

관객들이 그렇게 느낀다면 미술 담당으로써 정말 고마울 겁니다. 집중한 부분이 그거니까요.

—직접 작업한 미술 컷도 있다고 들었는데요.

스즈메가 사는 규슈의 마을과 하늘(p.005)은 제가 담당했습니다. 이번 작품에서 처음으로 그린 본편 배경으로, 탄

지 미술감독님이 "와타나베 씨에게 맡기고 싶다"라고 하셔서 그렸습니다.

—토모자와 씨가 이번 작품 중에서 가장 인상적인 컷 중 하나로 말하셨어요.

정말 감사합니다. 감독님이 "스즈메는 항구가 있는 마을에 사니까 해안을 따라 길이 있다는 사실을 알 수 있는 그림이었으면 좋겠다"라고 요청하셨어요. 규슈에 살고 있다는 사실도 전하고 싶어서 이 컷에 나오는 식물은 파초나 종려나무 등 남쪽 지역에서 볼 수 있는 걸 그렸습니다. 그리고 이번에는 구름을 너무 하늘 높이 그리지 말라는 요청도 있었습니다. 특히 초반부는 이전 작품에 비해 하늘의 면적이 넓어졌습니다.

—이 밖에 소타의 방도 담당했다고 들었습니다.

이 컷은 설정부터 체크까지 담당했습니다. 감독님과 탄지 미술감독님으로부터 낮은 책상 위에 고문서와 오래된 역사책이 쌓여 있고 커다란 책장에 교원 시험 참고서가 들어 있다는 말을 듣고 제가 설정을 생각했습니다.

—곳곳에 식물이 놓여 있는 것도 인상적이었습니다.

식물을 놔달라는 요청은 특별히 없었는데 방에 너무 색이 없는 듯해 추가했습니다. 남자 대학생 혼자 사는 방과는 어울리지 않을까 걱정했는데 감독님이 "커다란 창으로 햇빛이 들어와 녹음이 아름답게 보여서 작은 액센트가 되는 것 같다"라고 말씀해 주셔서 기뻤습니다.

—마지막으로 완성된 작품을 본 감상은?

감독님이 〈날씨의 아이〉를 제작할 때 "엔터테인먼트 쪽으로 크게 흔들렸네요"라고 말씀하셨는데 이번 작품은 엔터테인먼트와 현실 묘사가 조화를 이룬 작품으로 완성되었다고 느꼈습니다. 미술은 과거보다 밀도가 높아진 것 같습니다. 출연진, 음악, 캐릭터, 미술, 촬영 등을 포함해 모두의 힘으로 이토록 작품이 승화되다니 굉장하다고 생각합니다.

취재·글: M.TOKU

와타나베 타스쿠(渡辺丞)

WATANABE TASUKU

1983년생, 사이타마 출신. 도쿄조형대학 디자인학과 재학 중에 신카이 감독 작품 〈구름의 저편, 약속의 장소〉에 참여. 〈초속 5센티미터〉 〈별을 쫓는 아이〉 〈언어의 정원〉 등에서 미술 배경을, 〈날씨의 아이〉에서 미술감독 보좌, Z카이의 광고 「크로스로드」, 〈너의 이름은.〉에서 미술감독을 맡았다.

토모자와 유호

미술감독 보좌

> 현실에 충실한 '사진' 같은 그림이 아니라,
> 애니메이션만의 장점과 '매력'이 있다.

—토모자와 씨는 이번 작품에서 와타나베 씨와 미술감독 보좌를 맡았는데 역할 분담은 어떻게 했나요?

〈너의 이름은.〉과 〈날씨의 아이〉 때도 마찬가지였는데 기본적으로는 제가 회사 미술팀, 와타나베 씨가 외주 쪽을 담당하는 걸로 나눴습니다. 둘 다 미술감독 보좌라 올라온 미술 컷을 체크하는 게 주요 업무인데 틈틈이 직접 그리기도 했습니다.

—담당한 작업 중에 인상에 남은 컷은?

이번 작품에서는 자연물을 정말 많이 그렸습니다. 예를 들면 스즈메와 치카가 헤어질 때 서로 안는 장면의 배경입니다(p.068). 인공물만을 집중적으로 체크할 때가 있었는데 그 틈틈이 자연물을 그려 치유했죠.

—원래 자연 묘사를 좋아하나요?

그리는 걸 좋아하는데 지나치면 정답을 알 수 없게 되는 일이…… "이 수풀은 뭐지?"라고 정말 막막해지는 순간을 만나기도 하죠. 그런 의미에서 인공물 중간에 자연물을 그린다는 균형감이 딱 적절했을지 모르겠네요. 기분 전환도 되어 즐거운 작업이었습니다.

—토모자와 씨와 로케이션 탐방도 같이 갔다고 들었는데 로케이션 탐방은 어떻게 이루어지나요?

콘티나 이야기의 이미지와 비슷한 사진을 찍는 게 필요한데 배경의 소재가 될 만한 사진을 모으는 것도 중요합니다. 소재란 구름이나 하늘, 아스팔트, 풀과 꽃 등 미술에서 그리게 될 전부요. 이 토지와 계절에 맞는 걸 적절한 질감과 밝기로 그릴 수 있도록 로케이션 탐방에 더해 평소에도 소재를 모으고 있습니다.

—일상적으로 소재를 모으고 있단 거군요.

네. 시간대에 따라 보이는 방식이나 빛이 쏟아지는 방식이 다릅니다. 꽃이나 풀도 계절에 따라 피는 게 다르니까요. 전에 탄지 미술감독님이 "전차를 타고 있는데 구름이 잔뜩 보여 사진을 찍었어"라고 하셨는데 그 말이 인상적이었습니다. 이 밖에도 다이진이 페리 마스트 위에서 "또 봐"라고 말하고 뛰어내리는 장면이 있는데 그게 의외로 힘든 작업이었어요. 마스트 구조를 어떻게 해야 할지 조금 헤맸죠. 그때 미술을 담당한 타키노 카오루 씨가 로케이션 탐방에서 건물 옥상에서 찍은 페리 사진이 정말 큰 도움이 되었습니다. 어쩌다 찍은 사진도 언젠가 활용될 수 있답니다.

—그런 참고 사진을 보며 그림을 그리는군요.

어디까지나 참고로요. 찍은 사진을 그대로 그리면 그것은 '사진'이 되니까요. '사진'처럼 충실한 게 가장 아름답지는 않아요. 저는 애니메이션만의 장점과 '매력'이 있다고 생각합니다.

—그런 토모자와 씨가 생각하는, 탄지 미술감독과 와타나베 씨가 그리는 미술의 매력과 장점을 알려 주세요.

탄지 미술감독님은 그림을 정말 멋지게 만드세요. 감독님이 그린 그림은 본 순간 매료되죠. 대단히 정밀한 것도 아닌데 그 배경이 '그럴듯하게' 보여요. 와타나베 씨는 정보량이 풍부한 그림을 그리는 느낌이 있어요. 이번 작품으로 따지면 스즈메가 사는 규슈의 마을과 하늘(p.005)이죠. 작품 제작이 시작되었을 때 와타나베 씨가 그렸는데 '그래! 〈스즈메의 문단속〉은 이런 분위기겠구나!'라고 느끼게 하는 컷이었습니다.

—실제 영상에서는 아주 잠깐 사용되더라도 위화감이 생기지 않도록 그리는 게 중요하군요.

맞아요. 의자나 구름의 형태 하나에서도 인상이 변해요. 위화감 없는 분위기를 만드는 일도 미술에서는 중요한 일입니다.

취재·글. M.TOKU

토모자와 유호(友澤優帆)

TOMOZAWA YUHO

1990년생, 지바현 출신. 타마미술대학 미술학부 회화학과 유화 전공 졸업. 〈언어의 정원〉에서부터 미술 스태프로 신카이 마코토 감독 작품에 참여해, 코믹스웨이브필름 입사. 〈너의 이름은.〉 〈날씨의 아이〉에서 미술 배경을, 〈우리의 계절은〉의 「조그만 패션쇼」에서 미술감독을 맡았다.

신카이 마코토

미술에 담긴 세상을 보는 시선

원작·각본·감독

—미술 배경을 비롯해 이번 작품에서 그림을 어떻게 만들었는지 말씀해 주세요. 어떤 기준으로 무대가 된 지역을 선택했나요?

신카이》 처음에는 일본 신화의 동방 정벌 루트를 따라갈지, 지명에 문 호(戸)가 들어간 지역을 돌지 등 콘셉추얼한 아이디어도 있었습니다. 그런데 이야기가 너무 개념적으로 흐르면 극의 추진력이 오히려 줄어드니까 이번에는 두 시간짜리 영화 속에서 아름답게 시간을 배분할 수 있는 장소를 무대로 골랐습니다. 예를 들어 처음에는 오이타에서 출발하자는 안도 있었는데 오이타라면 시코쿠와 너무 가까워 페리를 타면 순식간에 도착하니까 조금 더 떨어진 미야자키가 적당했죠. 또 스즈메가 보는 풍경을 시골에서 도시로 서서히 옮기자고 생각했습니다. 스즈메가 사는 곳보다 페리를 타고 도착하는 에히메가 비교적 도시도 크고 항구 근처에 번화가도 있습니다. 그곳에서부터 도시

인 고베를 거쳐 신칸센으로 도쿄에 도착하면 압도적인 수의 사람이 있다……. 그런 식으로 스즈메의 여로를 생각했습니다.

—탄지 타쿠미 미술감독과 이번 미술 방침에 관해 어떤 이야기를 나눴나요?

신카이》 거의 얘기하지 않았던 것 같네요. 오래 같이 일했던 사이라, 이번 작품의 미술감독을 탄지 씨에게 부탁하고 그가 알았다고 받아들인 순간 저는 다 되었다고 생각했습니다. 그 외에는 한 이야기가 거의 없습니다. "실사에 너무 가깝지 않게 붓 터치가 제대로 남은 미술이 좋아요"라거나 로케이션 탐방 때 "작품 속 계절에 맞는 그 토지의 식생이 잘 그려졌으면 좋겠어요"라는 말 정도는 이따금 서로 확인했습니다. 이 작품은 자연이 많이 나오는데 자연물을 치밀하게 그리면 사진처럼 되어 버려요. 이번에는 그쪽으로 가고 싶지 않았어요. "이건 그림으로 구축된 세계이다"라고 미술 쪽이 주장하는 게 작품과 맞는다고 생각했고, 탄지 씨라면 그런 그림으로 만들어 줄 것 같아 부탁했습니다.

—이번 그림 제작의 핵심으로 새로 '촬영 체크' 공정을 넣었다고 하는데 목적이 뭔가요?

신카이》 애니메이션 화면을 크게 정리하자면 미술 배경, 캐릭터 등이 그려진 '셀'이라고 하는 레이어, 3DCG로 그린 오브젝트

까지 3가지 요소로 이루어져 있습니다. 이것을 합성해 완성 화면을 만드는 게 촬영팀의 일이죠. 이번에는 촬영팀이 합성하기 전에 제가 Photoshop을 이용해 3가지 요소를 임시 조합해 완성 화면 샘플을 만드는 작업을 1컷씩, 모든 컷을 제작했습니다. 이번 작품에서는 그 공정을 '촬영 체크'라고 불렀어요. 실제로 그림을 보며 미술과 캐릭터의 색조를 어떻게 조절할지를 표시할 뿐만 아니라 연출 지시 등을 적어 촬영팀에 보냈습니다.

—왜 촬영 체크를 만들었나요?

신카이》 이제까지의 시행착오를 통해 얻은 결론입니다. 애니메이션 캐릭터는 색채 설계 단계에서 노멀 색(낮)과 저녁 등 몇 개의 패턴으로 색이 정해집니다. 한편 미술은 컷마다 명암 밸런스가 다르죠. 그러므로 캐릭터 색도 원래는 미술에 맞춰 그때마다 색을 조정해야 좋은 화면이 됩니다. 또 캐릭터의 그림자 면적과 노멀 색 면적의 비율도 중요해요. 어느 쪽이 많은지에 따라 최적의 그림자 색, 최적의 노멀 색도 변하거든요. 특히 피부색은 확실히 차이가 납니다. 저는 그 부분을 철저하게 하고 싶어서 〈초속 5센티미터〉 때는 한 컷 한 컷 전부 Photoshop으로 조정했습니다. 비효율적이었지만, 그러지 않으면 낼 수 없는 맛이 있어요. 다만 집단 제작이고 2시간짜리 영화가 되면 그런 작업은 할 수 없어요. 〈너의 이름은.〉 때는 촬영팀에서 그 과정을 담당하면 된다고 생각했는데 결과적으로 정말 힘든 작업이었습니다.

—어떻게 힘들었는데요?

신카이≫ 작업 면에서는 캐릭터의 색은 촬영할 때 미술에 맞춰 최적의 색으로 미세 조정하면 좋은데 바로 그 지점에서 "최적의 색이란?"이라는 과제가 생깁니다. 원래 촬영팀이 해야 하는 일이 아닌 데다 개인의 감각에 의존해야 하는 부분이 커서 스태프들이 나름대로 조정한 색에 대해 제가 '좀 더 이렇게 해달라'고 리테이크를 내게 되는데 이러면 촬영팀과의 대화가 온통 셀 조정에 쏠립니다. 그러면 촬영팀에게는 너무 힘든 작업이 돼요. 그래서 다음 〈날씨의 아이〉 제작 때는 그 점에 대해 거의 입을 열지 않았죠.

—이전처럼 신카이 감독이 촬영 감독을 겸해야겠다고 생각하지 않았나요?

신카이≫ 제가 촬영하면 도무지 성에 차지 않는 느낌은 없을 겁니다. 1프레임 단위로 색채를 조정할 수 있으니까요. 하지만 촬영 감독이라는 일은 색채 조정만이 아니라 촬영 처리부터 오브젝트를 어떻게 보이게 할 건지, 소재 관리, 일정 조절까지 수없이 많습니다. 그런 점에서 츠다 료스케 촬영 감독과 그 스태프들이 저보다 훨씬 능력이 좋죠. 거기에 색만 만지고 싶어 하는 제가 가세하면 여러모로 부족한 점이 생기는 데다 직업 윤리상의 문제도 생깁니다. 〈날씨의 아이〉 제작 후반에 미술 수정을 도울 때 이번 대화와 비슷한 방법을 시도하기도 했는데 이번에는 정식으로 촬영 전에 '촬영 체크'를 설정하는 형태를 취했습니다. 그래서 이번에는 색채 감독이라는 직함도 달게 되었지요.

[촬영 체크]

촬영 체크 전:
미술 배경, 셀(캐릭터), 3D CG 등 각 섹션의 소재를 합쳐 임시 조합한 것

촬영 체크 후:
촬영 체크 소재. 감독 신카이 마코토가 직접 컷마다 색 조합과 밝기, 빛 설계 등의 자세한 지시를 더한 것.

—확인할게요. Photoshop을 사용한 촬영 체크를 바탕으로 촬영팀이 After Effects로 합성한다는 말입니까?

신카이≫ 그렇습니다. 저도 After Effects를 사용했으면 더 편했을지 모르지만, 그것도 촬영 스태프가 아닌 제가 함부로 사용하면 문제가 생길 것 같아 소프트웨어를 나눠 사용했습니다. 다만 카메라워크 지시는 Photoshop으로는 할 수 없어서 이는 임시 조합 단계에서 연출을 점검하고 After Effects를 사용해 지시했습니다.

—새로운 도전으로 이번 시네마 사이즈에 시네마스코프를 채용했습니다.

신카이≫ 지금까지 해보지 않아서 그냥 해보고 싶었습니다. 처음에는 가로로 기니까 높이를 느끼게 해야 하는 레이아웃이 어렵지 않을까 생각했는데 해보니 금방 익숙해졌습니다. 거꾸로 도호쿠 장면에서 나오는 방파제는 끊임없이 이어지는 느낌이라 가로로 긴 화면이 어울리는 듯했습니다. 그리고 시네마스코프를 선택한 이유 중 하나는 제작의 해상도, 화소 밀도를 높이기 위해서이기도 했습니다. 〈별을 쫓는 아이〉 이후 Full HD(1920×1080픽셀)로 작업했는데 지금은 스마트폰에도 더 해상도가 높은 카메라가 달려 있습니다. 그래서 더 높은 해상도로 작업하고 싶었는데 4K로 가면 작업 환경이 너무 비현실적이 되어서. 그래서 이번에는 높이를 1080로 고정해 옆으로 긴 시네마스코프로 했습니다.

—금방 방파제 이야기가 나왔는데 작품 속에서 세리자와가 도호쿠 언덕 위에서 주위를 보며 "아름다운 곳이었네"라고 말하니까 스즈메가 그에 반발하는 장면이 있습니다. 그 장면은 미술 배경과 드라마가 밀접하게 연결되어 있었는데요.

신카이≫ 세리자와의 자동차로 지나가는 찻길 풍경은 거의 실제 경치를 참고로 했는데 그 언덕은 가공의 장소입니다. 그 장면은 당사자와 그렇지 않은 사람이 풍경을 어떻게 다르게 보는지를 그리고 싶었습니다. 당사자가 아닌 세리자와에게 녹음에 파묻힌 풍경은 그저 아름답게 보일 테지만, 스즈메처럼 피해를 당한 경험이 있는 사람의 눈에는 절대 아름답다고 할 수 없는 곳이죠. 같은 풍경이라도 경험에 따라 다르게 보이는 게 이 영화에서는 필요하다고 생각했습니다. 그리고 세리자와의 말처럼 그 풍경이 아름답게 보이는 느낌도 충분히 이해합니다. 어쨌든 이 우주 자체는 아름다운 건 아름다우니까요. 보통 우리가 지금 도시의 창밖을 봐도 압도적인 디테일과 빛과 그림자의 상호작용이 만들어 내는 아름다움이 있습니다. 저는 동일본대지진이 일어나고 몇 달 뒤에 미야기현 유리아게를 방문했는데 집이 다 쓸려간 참혹한 광경 속에서도 하늘은 푸르고 바다도 평온했습니다. 세계 자체에는 근원적인 아름다움이 있죠. 하지만 사람은 환경에 따라 다양한 감정을 느끼죠. 그런 생각을 하며 그린 장면입니다.

—한편 저세상의 세계는 과거 작품과도 공통점이 있는 신비한 아름다움이 있습니다.

신카이≫ 〈별을 쫓는 아이〉에 나오는 생사의 문 앞 풍경이나 〈초속 5센티미터〉에서 타카키가 꾸는 꿈 풍경도 아주 비슷합니다. 제게 그 풍경은 '사춘기 때 본 것 같은 풍경'입니다. 제가 자란 나가노현 고미마치에서 걸어가면 나오는 산속 풍경이나 초등학교 뒤쪽의 아무도 없는 풍경 등에 저세상과 같은 풍경이 겹쳐 보이는 듯합니다. 이번의 저세상은 시간의 흐름이 균일하지 않은 장소로 상정하고 저녁노을과 아침노을, 푸른 하늘이 뒤섞인 하늘로 표현했습니다. 스즈메가 어린 스즈메에게 말을 걸 때도, 빨리 감기라도 한 듯 별이 뜬 하늘이 빠르게 변하도록 연출했습니다.

—이번 미술에서 가장 인상에 남은 게 있다면?

신카이≫ 이번에 다시금 '탄지 씨, 정말 잘하네!'라고 실감했습니다. 예를 들어, 고베의 버려진 밤 유원지. 광원이 거의 없는 어두운 그림인데 그 속에서 디테일을 살린 방식이 너무 좋았습니다. 오래된 철 덩어리가 흩어져 있는 느낌이 전해졌죠. 그리고 탄지 씨가 이끄는 미술팀의 훌륭함은 풍부한 실내 세부 묘사에 있죠. 실내는 원래 그리기 어렵습니다. 아무리 소도구를 그려도 그곳에 사람이 생활한 시간의 축적을 느끼게 하는 배경으로 만들기는 어렵습니다. 그런데 스낵 하바의 2층이나 소타 방은 너무나 훌륭했습니다. 영화는 평균 1컷에 몇 초일 뿐이고 그 속도로 미술 배경이 흘러갑니다. 하지만 실제로는 한 장을 그리는 데 며칠에서 한 달 정도 걸리죠. 그러므로 이 책을 통해 미술 스태프들이 미술에 담은 세상을 보는 시선, 애정을 충분히 느낄 수 있기를 바랍니다.

취재·글. 후지츠 료타

신카이 마코토(新海誠)
SHINKAI MAKOTO

1973년생, 나가노현 출신. 2002년 개인 제작 단편 영화 〈별의 목소리〉로 상업 영화 데뷔. 이후 〈구름의 저편, 약속의 장소〉(2004), 〈초속 5센티미터〉(2007), 〈별을 쫓는 아이〉(2011), 〈언어의 정원〉(2013)을 발표. 2016년에 개봉한 〈너의 이름은.〉은 기록적인 흥행 기록을 세워, 일본 영화 역대 3위의 흥행 수입을 기록했다. 2019년 개봉한 〈날씨의 아이〉는 관객 동원 1,000만 명을 넘기며 국내외에서 높은 평가와 지지를 얻었다.

『스즈메의 문단속』 미술 스태프

美術監督　丹治　匠

美術監督補佐　渡邉　丞
　　　　　　　友澤　優帆

美術背景

小原まりこ	室岡 侑奈	桑原 琴美	小林 海聖	樋口 万祐
王 葆祺	井澤 真緒	根岸 駿丞	藤井王之王	廣澤 晃
瀧野 薫	馬島 亮子	石井 弓	宇佐美レオナルド健	泉谷かおり
知本 祐太	中島 健太	伊奈 淳子	芳賀ひとみ	野村 裕樹
中村瑛利子	風戸亜希子	秋竹 千恵	柳澤 裕介	里見 篤
おうげんこう	池 信孝			

山根 左帆	後藤 亮太	春日 美波	牧野裕樹	橋本 巧
金井 眞悟	横山 淳史	大川 千裕	浅井 唯奈	滕 狎
平田 浩章	竹村 美音	大川 結加	前田 紗希	
NGUYEN QUOC	DUC HAI	PHUONG NHI	THUY DUNG	
TUAN VU	THANH HIEU	THU HA	UT DY	
THANH THUY	MAI CHI	THU YEN	Attachai Boonsmai	
Aditep Meechaijreonying	Parinya Phetwiphat	Auttapon Boonsmai	Yosanann Rujichayakhun	
Khammachat Suwan	Watchara horthong	Tram Anh	Ngoc Xuan	
Ngoc Han	Hoang Vu	Van Cuong	My Tien	
Ngoc Hoang	Ngoc Thanh	Thanh Hieu	Supakorn Kunpratum	
Palin Thongsanthia	Theeranan Taejaroenkul	Pichet Chaiyarin	Ngoc Huyen	
Thanh Truc	Hong Quan	Mai Dat	Dinh Tri	

橋本 杏菜	山口日菜子	袖山 英莉	岩崎 朱音	西澤 朱音
菅田 峰晃	権瓶 岳斗	渡邉 匡城	周 霽欣	舟川 天文
杉山 理乃	内間 太一	坂下 祐太	黒澤 成江	林 竜太
Do Quyen	山子 泰弘	清水啓一朗	坂田 七海	吉田 奈央
武田 理央	新田 博史	大貫 雄司	志和 史織	岩城佳那子
増尾 遥	石川 友理	高橋 杏奈	菊地 悠平	朝見 知弥
門田 政人	陳 健宇	張 穎	劉 一丹	朱 立朴
張 峻義	呉 鵬飛	李 浩	周 洪健	翁 陽
山本 練正	小佐野 詢	鷲頭 功典	瀬川 孟彦	中村 優作
齋藤緋沙子	時田 美歩	中島 理	園田 由貴	針﨑 亜耶
宿野部 陸	遠藤 美月	中嶋 舞	島田美菜子	小島あゆみ

草薙 / FSE / テレコム・アニメーションフィルム美術部 / Creative Freaks / goofy /
Punch Entertainment / スタジオコロリド美術部 / 絵梦 / 鉛元素動画 / クリープ /
Yostar Pictures / 合同会社 N スタジオ / デジタル・フロンティア / スタジオリセス

閉じ師封印の書　絵素材　室岡 侑奈
　　　　　　　　字書き　尾山 由記

クレヨン画　　　　　　　新井 大展

신카이 마코토 감독 작품 『스즈메의 문단속』 미술화집

2024년 1월 19일 인쇄
2024년 1월 26일 발행

감독
Makoto Shinkai

미술감독
Takumi Tanji

협력
Tasuku Watanabe
Yuho Tomozawa

Mariko Obara
Yuna Murooka

Kotomi Kuwabara
Kaisei Kobayashi
Mayu Higuchi
Yanhao Wang
Mao Izawa
Shunsuke Negishi
Ohnooh Fujii
Akira Hirosawa
Kaoru Takino
Akiko Majima
Mayuko Mitsutake
Erina Harada

감수
CoMix Wave Films
Daichi Haketa
Kentaro Nakatsuji
Yuta Hori
Airi Ichikawa
Saki Okamoto

북디자인
Takanobu Kova + Haruka Aoki(OCTAVE)

프린팅 디렉션
Hiroyuki Takano(DNP Media Art)

편집
Takeo Saito
Miu Matsukawa

편집협력·취재
M. TOKU

취재
Ryota Fujitsu

옮긴이 민경욱

발행인 황민호
본부장 박정훈
편집기획 강경양 김사라
마케팅 조안나 이유진 이나경
국제판권 이주은 김준혜

제작 최택순 성시원
발행처 대원씨아이(주)
주소 서울특별시 용산구 한강대로15길 9-12
전화 (02)2071-2018
팩스 (02)749-2105
등록 제3-563호
등록일자 1992년 5월 11일

ISBN 979-11-7203-413-9 03830